KB266180

Overcoming Life

삶의 극복

김태혁 지음

현재 우리나라는 IMF(1997) 이후에 지금껏 전례 없는 경제적 불안과 위기를 겪고 있고 사회는 급격하게 변화하고, 발전하여 혼란 속에서 살아가고 있다. 가지고 있던 기존의 지식이 소멸되기도 하고, 새로운 지식을 계속 배워 나가야 하며, AI의 기술 발전은 하루가 다르게 성장 중이다. AI를 활용하여 우리는 어떤 정보든 AI와 대화를 통해 전부 알아 갈 수 있으며, 요즘 초, 중, 고등학교 수업도 태블릿 PC를 통해 공부하는 등, 디지털 의존도가 점점 상승하고 있다. 또한, 인스타, 유튜브, 네이버 등의 소셜 미디어도 무섭게 발전하여 궁극한 정보들을 핸드폰을 통해 가만히 누워서도 볼 수 있는 시대가 왔다.

예를 들어 AI로 위조한 거짓 정보 뉴스 사례가 있고, 디지털을 통한 공부로 인해 시력 저하, 집중력 감소 등이 있다.

이렇게 발전한 우리의 디지털들은 편리함과 새로운 정보를 빠르게 얻을 수 있는 장점이 있지만, 그런 발전이 더 큰 혐오를 일으키고, 차별, 갈등, 선동이 심해지며, 우울감, 정신적 스트레스, 고립감, 사회 부적응, 불안을 가져다준다.

특히 코로나19 2020 팬데믹 시대 이후, 감염을 막기 위한 격리 제도(4인 이상 모임 금지, 마스크 필수 착용 등)들이 우리 현대 사람들의 사회적 기능을 저하시키고, 디지털 의존도는 더욱 높아지면서 뉴스, 언론을 통해 보는 세상이 자신들이 직접 본 세상과 달라 선동에 휩싸이고 자신의 의견과 자아를 잃어버리며 보이는 것만 믿는 사람들이 많아졌다.

누군가가 억울함을 절규하며 외쳐도, 자신의 의견을 떳떳하게 말해도, 보이는 것만 믿고 선동하는 사람들로 인해 돌아오는 건 답답함과 혐오뿐이다.

그리고 이 혼란스러운 시기 속에서 우리는 많은 불안과 절망, 두려움, 걱정을 하며 살아가고 있고 나 또한 살아가면서 세상을 알아 갈수록 찾아오는 건 불안감이었다. 하지만 우리는 알아야 한다. "개인이 세상을 바꿔 나갈 순 없다. 나를 세상에 맞춰 살아가야 한다." 정말 허무하고 공허하겠지만, 우리는 그래야 한다. 우리는 버티고 버텨야 하며, 극복해 나가야 한다.

우린 그런 과정에서 수없이 넘어지고, 흔들리고, 좌절을 맛보기도 하며, 자신이 믿고 나아가던 것에 실패를 겪고 자신이 초라하게 느껴질 때도 있다. 그렇다고 해서, 우리가 절망단 가지고 사는 것은 아니다. 우리가 불안하고, 두렵고, 걱정하며 살아가는 이유는 성공하고 싶고, 위기 속에서 기회를 잡고 싶고, 안정적이고 싶으니까. 그런 감정에도 우리는 버티며 사는 것이다.

그렇다. 우리는 결국 자유를 위해 이 험악하고 차가운 세상에서 경쟁하고 노력하며 살아간다. 그리고 누군가는 기회를 잡고 지금까지도 꾸준히 성장하고 있을 테고, 누군가는 진정 우리가 원하는 자유의 삶을 살고 있을지도 모른다.

이런 시대일수록 우리는 삶 속에서 극복해야 하는 순간이 정말 많다. 나는 지난 과거에 누군가와 어울리기 위해 나 자신을 잃어 가며 맞추려고 했던 적도 있었고, 대학에 대한 스트레스, 무수히 많은 실패와 노력, 매 순간 느꼈던 신체적, 정신적 고통이 있었다. 정말 최선을 다해도 내 맘대로 되지 않는 것들이 나에게 큰 패배감과 상실감, 공허감, 우울감, 공황을 가져다줬고, 그런 과정 속에서 나는 수없이 포기하고 싶었다. 그렇게 밑바닥도 찍어 보고, 그 누구보다도 추해지고 잃어 보니 내 뇌에선 마치 죽으려고 하는 나를 살리기라도 하듯, 긍정의 신호를 보냈다. 그 속에서 나는 '내가 왜 이렇게까지 살았었는지, 내가 생각하는 인생은 무엇인지, 나의 최종적인 꿈이 무엇인지' 등 근본적이고 원초적인 세상에 대한 질문을 던졌다. 그리고 나는 그런 절망과 우울에 대한 고통 속에서 스스로 빠져나오려고 노력했다. 그 후, 나는 내 삶을 1부터 100까지 설계하기 시작하였고 바로 실행으로 옮기면서 기존의 나를 없앴다.

그리고 나는 극복했다. 세상의 정말 사소한 것부터 감사함을 느낄 수 있었고, 행복감을 느낄 수 있게 되었다. 아침에 일어나 밥을 먹는 것, 꿈을 가지는 것, 밖의 세상을 보고 듣는 것, 운동을 하는 것, 카페에 가 책을 읽는 것, 공부하는 것, 집에 와서 침대에서 따뜻하게 잠을 자는 것 등. 우리가 어쩌면 적응을 통해 당연하게 생각하는 것에서부터 감사함을 느끼니 비록 삶이 혼자일지라도 고독하지 않고 행복하고 하루하루가 기대되는 삶을 살게 되었다.

그렇게 마인드셋을 하는 과정에서 독서, 운동, 기록하는 습관이 있었다. 세계 부자들과 유명인들 등, 성공한 사람들의 공통된 습관을 보면 정말 하나같이 운동, 독서, 기록을 규칙적으로 한다. 자신이 하는 일 이외에 남는 시간에 틈틈이 하는 것들이며, 하는 것도 중요하지만 꾸준히 반복적으로 하는 습관을 가지고 있다. 그들은 매일 철저한 자기 관리, 식

단, 규칙적인 생활 패턴을 지키며 독서하고 운동하고 일기를 통해 기록한다.

그래서 나 또한 10살 때부터 20살 때까지 운동선수 생활을 했고, 그 이후에도 쭉 철저한 몸 관리를 즐기면서 매일 운동했고, 19살 때부터 제대로 독서를 시작하며, 10살 때부터 적은 훈련 일지를 시작으로 지금까지도 매일매일 하루를 기록하면서 살아간다.

그리고 뇌에서 보내는 긍정 신호를 통해 깨달은 건, 세상에는 정말 내 맘대로 할 수 있는 건 없다. 하지만 내 성장, 자기 계발, 몸, 지식 등의 발전은 나 스스로 할 수 있고, 통제할 수 있으며, 스스로 하기 나름이라는 것이다. 즉, 나에게 닥치는 모든 상황을 받아들이고, 인내를 가지고, 노력하여 극복하는 것이다.

신은 우리에게 버틸 수 있을 정도의 고통을 준다. 지금 당신의 삶이 너무 고통스럽고 불행하다는 생각이 든다면, 당신은 그걸 버틸 수 있는 거대한 사람인 것이다. 그걸 극복한다면 당신은 그 어려움과 힘듦을 이겨낸 만큼 큰 성공을 할 수 있을 것이다.

그리고 그 성공은 태도에서부터 나온다. 인생의 기회는 운이 아니고 기와 태도에 따라, 잡느냐 놓치냐의 갈림길이다. 당신의 태도가 얼굴을 만들고 품격을 만들며 당신의 미래를 만든다. 늘 겸손해야 하고 말조심하며, 예의가 몸에 배어 있어야 한다.

나는 이렇게 마인드셋을 새롭게 하고, 극복하기 위해 내가 설계한 대로 삶을 밀고 성장하며 나아가니 새롭게 나를 알게 된 사람들의 반응이 달라졌다. 그리고 나의 선한 영향력과 건강한 마음가짐이 주변에도 영향이 갔는지 내가 기존의 삶에서는 듣지 못하는 말들을 많이 듣게 되었다.

"눈이 맑다." "마인드가 되게 건강하고 좋다." "어떻게 그런 마인드를 가지게 되었냐." "항상 밝고 에너지 넘친다."라는 말을 주로 듣게 되었으며, 나를 대하는 행동에서도 달라졌다. 나에게 처음부터 호의적인 모습을 보이거나, 방긋 웃어 주기도 하고, 먼저 다가와 줬다. 그런데 나는 이렇게 살아가고 나니 "생각하기 나름이다."라는 말이 떠올랐다. 정말 생각하기 나름인 것이다. 바뀌기 전에 나에게도 분명 이런 사람들이 있었다. 하지만 내가 받아들이지 못한 것이다.

정말 마인드를 스스로 바꾸는 극복의 과정을 통해 나는 죽은 나를 구했다. 그리고 현재의 나는 무언가 도전을 할 때면, '이미 한 번 죽은 목숨인데 못 할 게 뭐 있어?'라는 마음으로 주저 없이 행동으로 옮긴다. 내가 이 책을 쓸 때도 내의 내면에선 '내가 과연 할 수 있을까?'라는 의구심이 있었고 주변에서도 응원해 주는 사람이 있는 반면 "네가 책을 쓴다고? 뭐, 내가 제목이라도 지어 줄까?" "그게 정말 쉬운 줄 아나? 그래, 어디 한번 해 봐." 등 무시하는 사람들이 꼬였다. 하지만 나는 제자리에 머물러 나를 밑바닥으로 끌어내리려는 패배자들의 말에는 귀 기울이지 않는다. 나는 나에 대한 의구심이 있으면서도 증명하고 싶은 거대한 욕망이 있어, 이렇게 행동으로 옮기게 됐다. 세상에 나를 증명하고 싶은 야망은 나이를 먹을수록 더 생기고 있다. 그리고 내가 적은 글이 여러분께 닿고 도움이 돼서, 나와 함께 극복을 하게 되었다면, 나는 그것으로 정말 큰 행복을 느낄 것이다.

나의 극복은 신념과 용기와 태도에서 시작되었다. 신념은 나를 강하게 만들었고, 용기는 나를 앞으로 나아가게 하였으며, 극복은 앞으로 나아가는 과정에서 이겨 낼 힘을 주었고, 태도는 내면에서부터 오는 간절함으로 좋은 결과를 가져다줬다. 신념, 용기, 극복, 태도라는 4가지의 키워드로 나의 경험을 적었고 마지막 결과로 나의 이야기를 적었다.

결국 우리의 삶은 아무것도 하지 않으면 제자리에 머물러 있을 뿐이다. 실행을 통해 그 작은 빛이 여러분의 삶을 책임져 줄 무언가가 될 수도 있다. 그 실행 과정에서 극복한다면 우리는 결국 웃을 것이다.

지금 앞으로 어떻게 살아갈지 막막한 20대에게, 계속 무엇이든 해 봤는데 제자리걸음이라고 생각이 들 때. 노력한 만큼 결과가 나오지 않아 지친 사람과 삶의 방향을 설계하고 극복하고 싶은 사람에게 전하는 평범한 23살의 메시지다.

나는 지금까지 4개의 파트와 마지막 이야기를 통해 위기를 극복했다. 지금의 사회일수록, 더욱 홀로 우뚝 설 수 있어야 하고, 휘둘리지 않아야 한다. 자신의 삶에 집중하고 목표를 위해 나아간다면 지금 힘들고, 고통스러운 시간을 노력에 대한 결과가 해결해 줄 것이다. 정말 사소한 것에서 감사함을 느낄 수 있으면, 삶의 질은 한층 더 오를 것이다. 생각하기 나름이다. 이 책을 통해 삶을 조금이나마 발전시키고 힘을 낼 수 있기를 바란다.

이 책은 처음 파트부터 순서대로 읽어도 좋고, 먼저 보고 싶은 파트부터 봐도 된다. 선택은 자유다.

목차

1부

신념

올바른 신념이 또 하나의 성공의 밑거름이 된다.

인생은 주관식

우리는 태어나서 죽을 때까지 배움을 멈추지 않는다.

태어난 순간부터 누군가로부터 여러 가지의 말을 듣게 된다. 우리는 그러한 말들에 은연중에 세뇌되어 삶을 살아간다. 집중해서 듣는 것도 스쳐 지나가 흘려듣는 것도 우리는 어느 순간 우리 뇌 속에 세뇌되어 있다.

처음엔 걸음마와 언어, 숫자를 배운다. 그리고 그러한 과정에서 자식들은 집에서 부모님의 행동, 말투, 성격, 취향, 성향, 가치관, 신념 등 인간의 내면의 본질적인 것들을 배운다. 그리고 세상을 이해하는 법 또한 배운다. 그 외적으로 자신이 스스로 보고, 느끼고, 해 보고, 생각하고 겪은 것을 바탕으로 자신의 이미지가 만들어진다. 그리고 그러한 배움들을 통해서 성장하며 자연스럽게 자신만의 기준을 세운다.

그 기준이 바로 신념의 씨앗이다.

신념의 씨앗은 단순 지식에서 만들어지는 것이 아닌, 배움 속에서 얻은 경험과 넘어짐 속에서 얻은 자각과 나를 믿고 다시 일어선 수많은 순간이 신념을 성장시킨다.

그래서 올바른 신념은 결과가 아니라, 배움을 통해 완성되는 과정이라고 생각한다.

우리는 서로 배움의 깊이, 겪은 경험, 보고 느끼고 들은 것, 공부의 양, 가지고 있는 지식 등이 전부 다르다. 그래서 우리는 서로 다른 신념을 가지고 있고 비슷하지만 똑같은 생각을 가진 경우는 극히 드물다.

각자의 씨앗에서 올바른 꽃잎이 피는 것도 중요하지만 꽃잎을 뒷받침해 주는 줄기가 무엇보다 더 중요하다고 생각한다. 줄기가 잎, 꽃, 열매까지 영양분을 운반하고 지지하는 역할을 해 주는 것처럼 결과도 중요하지만 그 결과를 뒷받침해 주는 수많은 과정이 무엇보다 가장 중요하다.

삶 속에서 스스로 깨달은 자신만의 신념이 앞으로의 인생의 길을 운명적으로 인도해 줄 것이다. 과정에서 어떻게 노력하느냐에 따라 결과는 따라오게 될 것이고 과정은 스스로 만들어 나가는 것이다.

우리는 살아가다 보면 정말 많은 사람을 만나고 그 사람들이 나에게 조언을 해 주거나 도움도 주고 때로는 다른 사람의 이야기들을 많이 듣게 된다. 그러면서 객관적인 평가나 조언을 들을 기회도 넘쳐 난다.

평가나 조언을 들을 때는 보다 주의 깊게 들을 필요가 있다. 왜냐하면 자신의 평가는 스스로 하는 것보다 상대방의 평가가 명확할 때가 더 많기 때문이다. 내가 생각하는 나의 모습과 다른 사람들이 생각하는 나의 모습이 일치하는 경우는 매우 드물고 대부분의 사람들은 상대방의 평가보다 스스로를 더 고평가하기 때문이다. 또한 상대방의 평가로 인해 자신의 환상이 깨지는 것이 두려워서 진실의 평가를 듣길 거부하거나 귀를 닫고 두려워하는 사람도 있다.

하지만 자신의 평가를 좀 더 객관적으로 듣고 받아들일 필요도 있다. 그런 평가로 인해 스스로 몰랐던 나의 모습을 알아 가고 객관적인 평가를 주관적으로 고쳐 나갈 수 있기 때문이다.

스스로를 고평가하는 건 인간의 본능이다. 그리고 고평가하는 것이 마냥 나쁜 것은 아니다. 우리에게 자신감을 심어 주고 자존감을 높여 주기도 하며 스스로 고평가했던 것을 실제로 이루게 될 수도 있기 때문이다.

또한 자신감을 가지는 것은 좋은 것이다. 자존감도 높은 건 좋은 것이고. 하지만 우리는 장점도 장점이지만 자신의 단점을 알고 잘못을 알고 고쳐 가며 나아가는 것도 살아가면서 매우 중요하다. 자신이 모르는 자신의 단점이 나중에 인생에 기회가 생겼을 때, 안 좋은 결과를 초래할 수도 있기 때문이다.

그래서 나는 잠에 들기 전에 하루를 되돌아보며 생각하는 시간을 가진다. 내가 오늘 실수를 했다면 다음엔 하지 않기 위해, 잘했던 것은 더 잘하기 위해서다. 이러한 습관이 나를 좀 더 나은 사람으로 만들어 준다고 생각한다. 나는 이걸 좋은 습관이라고 생각한다. 자신의 잘못을 스스로 뉘우치면서 더 나은 사람이 되기 위해 노력하는 것이기 때문이다.

나는 친구와 카페에서 만나서 얘기를 하거나 밥을 먹을 때도 그 상황을 다시 한번 생각하며 내가 했던 얘기들을 다시 한번 생각하고 내가 전하고자 하는 이야기를 잘 전했는지, 상대방의 말에 잘 경청했는지, 말실수를 한 건 아닌지 지난 일들을 다시 한번 생각한 적이 있다. 그러한 과정에서 자신만의 새로운 신념을 만들어 나가는 것도 올바른 신념을 만들 수 있는 좋은 기회들이다.

나는 완벽주의자 성향이 있다. 그래서 나는 항상 좋은 모습만 다른 사람에게 보여 주고 빈틈이 없는 사람이 되려고 한다. 누굴 만나든 기본적으로 예의를 갖추고 배려를 하는 건 내 생각엔 당연하다고 생각한다. 그렇게 누구에게든 예의를 갖추고 배려하고 존중하면 결국 나에게 되돌아온다고 생각하기 때문이다. 하지만 나에게 돌아오지 않더라도 실망하거나 내 태도를 바꾸진 않는다.

그리고 나는 누구와 만남, 약속이 잡히면 나는 미리 시뮬레이션을 한다. 대화의 주제, 만남의 장소, 음식, 시간, 날씨 등 전부 찾고 생각해 놓는다. 그래야 마음이 좀 편하고 하루를 알차게 쓸 수 있다고 생각하기 때문이다.

또 우리의 인생에서 대화는 정말 큰 무기다. 말 한마디로 상대방의 신뢰를 얻고 말 한마디로 상대방에게 지을 수 없는 상처를 주기도 하고, 같은 말을 해도 매력적으로 보일 수도 있고, 말 하나로 기회를 잡기도 한다. 표정, 손짓, 몸짓, 입술의 떨림, 시선 처리, 눈 맞춤 등 정말 섬세하고도 투명하게 대화를 하면서 보이는 것들이다. 그래서 말조심을 해야 한다. 말 하나로 인해 인생이 바뀔 수도 있기 때문이다. 그래서 나는 상대방이 가끔 나에게 무례하게 굴어도 피해가 없다면 그냥 웃어넘기고 나는 그러지 말아야겠다는 생각을 한다.

하지만 상대방에게 억지로 맞춰 주거나 나에게 불리한 상황이 오게 하지는 않는다. 결국 이런저런 상황에서 자신이 홀로 우뚝 서야 된다. 한쪽에 치우치지 않고 오로지 나 혼자만의 영역과 신념이 뒷받침이 되면서 옳고 그름을 스스로 판단하여 나 자신의 하나의 인격체가 되어야 한다. 다른 사람에게 끌려다니고 휘둘리고 흔들린다면 당연히 만만함을 살 수밖에 없고 부당한 대우를 받기 마련이다. 우리 인생은 마치 페르소나의 연속이다. 우리는 스스로 지혜와 자유의사를 가진 독립적 인격체라는 것을 잊지 않아야 한다. 또한 우리의 외적 인격은 상황에 따라 여러 인격이 나온다. 모든 사람에게 다 똑같이 보이지 않고 다른 사람들이 자신의 이미지를 모두 똑같이 생각하지 않는다. 사회적 모습과 일상 모습, 친구들과 있을 때 모습, 가족과 있을 때 모습 등 모두 통용된다. 그러니 우리는 남들의 시선을 의식할 필요도 없고 나를 안 좋게 생각할까 봐 눈치 볼 필요도 없다. 자신의 인생을 당당하게 살아가야 한다. 여러 사람들의 평가는 보다 객관적일 수 있겠지만 결국 인생은 주관식이다.

우리는 각자 가치관도, 신념도 다 다르기 때문에 자신만의 철저하고, 확고한 신념을 가지고 나아가며 자신의 분위기와 매력을 만들어 나가야 한다. 신념은 고집이 아니며 신념은 나를 잃게 하지 않는 기준이다. 나를 잃으면 그 누구도 나를 찾아 주지 않는다. 남과 비교하거나 남에게 맞춰 주지 말고 남에게 휘둘리지 않되 모두를 존중하고, 예의를 갖추며 스스로 나아가는 사람이 되어야 한다.

인생이 주관식이 되어 자신의 신념과 자신이 하는 것이 맞다 생각하며 올바를 길로 나아가는 것이 난 정말 멋있는 사람이라고 생각한다. 한국은 너무 눈치 보며 살아간다. 여론에 휘둘리며 제목만 보고 판단하고, 자신의 의견도 없고 어느 하나 의견에 따라가기만 바쁘다. 그러한 사람들 속에서 자신의 의견을 떳떳하게 말하고 자신이 느끼고 생각하는 것이 대부분의 사람들과 다르더라도 당당하게 주관적인 의견을 얘기하는 사람이 결국 성공하는 사람이라고 믿는다.

하지만 주관적으로 평가를 내리면 오히려 독이 되는 경우도 있다.

첫 번째는 생각이 정체되고 생각의 기준이 굳어 버리는 경우다. 자신만의 신념을 기준으로 세상을 보며 나아가는 것은 좋다. 하지만 그 기준이 절대화가 되어 버리면 다른 가능성을 볼 수가 없다. 답안지는 내 생각으로만 채워지는 것이 아닌 여러 답을 듣고 찾으며 자신만의 답으로 채

우는 것이다. 즉, 주관은 정말 중요하다. 하지만 스스로를 객관적인 시선으로 주관을 바로 세워야 진정한 주관식이 될 수 있다.

두 번째는 타인과 비교를 통해 나 자신을 합리화하는 경우다. 우리는 누군가를 보며 동경을 하기도 존중을 하기도 롤 모델로 삼기도 하지만 반대로 질투를 하고 괜히 싫어하며, 운이 좋아서 성공했다고 말한다. 대체 왜 그러는지 모르겠다. 득이 될 게 하나도 없는데 굳이 그 사람의 노력이나 능력을 깎아내리고 평가하며 자신을 합리화하고 자신의 위상을 올리려고 한다. 그렇게 주관적으로 상대를 평가하고 세상을 평가하면 결국 내 가능성이 닫혀 버린다. 타인을 평가할수록 내 시야가 좁아진다는 얘기다.

이런 사람들은 확신을 가지고 나아가는 사람의 추락을 보고 싶어 하는 것 같다. 아마 이 기분은 정말 누구나 한 번쯤은 느꼈을 거 같다. 내가 어떠한 목표를 가지고 나아갈 때 응원하는 사람이 있는 반면, 안 된다고 비아냥하는 사람이 있다. 응원하는 사람이 많아질수록 질투하고 안 된다고 하는 사람은 꼬리처럼 따라온다. 결국 그런 사람들은 그냥 시간을 나에게 쓰는 팬일 뿐이다. 신경 쓰지 말고 나아가라, 너의 길로.

다시 말해 인생은 주관식이다. 그 누구도 자신의 삶을 대신 살아 주지 않는다. 오로지 스스로 나아가야 한다. 도움을 받을 수도 있고 조언을 받을 수도 있지만 나아가는 건 나 자신이다.

내가 좋아하는 유명한 책 중에서 이런 말이 있다. "인생은 자전거와 같다. 뒷바퀴를 돌리는 것은 당신의 발이지만 앞바퀴를 돌려 방향을 잡는 것은 당신의 손이며 눈이고 의지이며 정신이다." 그렇다. 인생이란 곧 자신이다. 뒷바퀴는 당신이 살아가면서 보고 배우고 느끼고 들은 것들이고 앞바퀴는 당신이 스스로 나아가는 발자취이다. 그런 발자취를 남기는 과정 중 자신의 신념을 가지는 것은 매우 중요하다. 즉, 신념이란 자신을 잃지 않는 삶의 태도이고 자신의 신념으로 자신만의 그림을 그려 나가야 한다.

2

내 몸을 스스로
통제할 수 있어야 한다

우리는 살아가면서 자기 자신을 통제하지 못하면, 아무리 뛰어난 목표를 세워도 금세 무너진다.

그래서 우리는 내 몸을 스스로 통제할 수 있는 능력을 갖추어야 한다. 스스로 몸과 정신을 통제하지 못하면 결국 외부 자극에 휘둘리고, 유혹에 넘어지기도 하며, 의지가 꺾여 버린다. 그렇게 몸을 통제하지 못하는 인생을 살아간다면 후회만 남고 허공이나 다름이 없다.

또한 우리는 자신의 몸을 스스로 통제하고 지키는 힘을 기르기 위해 노력을 해야 한다. 그 노력은 절대 처음부터 거창한 목표에서 시작되지 않는다. 자신이 할 수 있고 당장에 지킬 수 있는 것부터 목표를 가지고 시작하는 것이다. 그렇다고 해서 절대 처음부터 무리한 목표를 가지는 것은 안 된다. 왜냐하면, 처음부터 너무 큰 목표를 세우면 금방 지치고 포기할 수 있기 때문이다.

자신의 삶 속에서 녹아들며 스스로 통제하고 잘 지킬 수 있는 선에서 목표를 가지는 것을 추천한다. 우리는 작심삼일을 하려는 것도 아니고 길어 봤자 3개월만 하려는 게 아니기 대문이다.

예를 들면 하루에 책 10분 읽기부터 점점 몸에 익히고 적응이 되면 책 30분, 1시간, 2시간 읽기로 점진적으로 양과 시간을 늘려 나가는 것이다.

처음엔 단 10분도 버거울 수 있다. 하지만 그 10분을 버텨 내면 스스로에 대한 믿음이 쌓인다. 그 믿음이 쌓이고 쌓이면 목표를 더 높게 잡을 수 있으며, 할 수 있는 용기를 가져다준다. 스스로 약속을 하는 거다. "오늘 10분 동안 무조건 책을 읽을 거다."라고.

그렇게 쌓인 독서의 양은 인내를 기르고 지식을 기르며 세상을 보는 눈을 키우고 책을 통해 자신의 신념을 가질 수도 있기 때문이다.

즉, 그렇게 쌓은 시간은 자기 자신을 통제할 수 있는 마음의 근육을 단련하는 과정이 된다.

나는 독서를 고등학교 3학년 때 시작했다. 그전까지는 책을 펼쳐 보지도 도서관이나 서점에 가지도 않았었다. 내가 독서를 시작한 이유는 나를 바꾸고 싶었고 반복적인 운동 생활에 마음도 흔들리고 나에 대한 혐오감도 쌓여 있었기 때문이다. 그런 시기에 선생님이 나에게 책 한 권을 추천해 주셨다. 처음 독서를 시작할 땐 하루에 10분에서 20분 정도만 읽었다. 처음엔 지루하고 이해도 안 되고 그 시간이 무척 힘들었는데 일주일, 한 달, 두 달 지나면서 읽는 재미도 있고 내용도 이해되고 지식도 쌓아 가고 혼자 있는 시간이 외롭지 않고 보람찼다.

그렇다고 해서 매일 책을 꾸준히 읽은 것은 아니다. 어느 날은 몇 쪽 읽다가 덮은 적도 있고 아예 책을 펼치지도 않은 날도 있다. 하지만 그 10분을 버티고 20분을 버티고 30분을 버티니 그렇게 책을 읽은 날들이 쌓이면서 마음이 단단해지고 믿음이 쌓이며 책과 친해지게 되었다.

그래서 그날 이후로 나는 책을 읽는 걸 단순 취미 이상으로 나를 단련하고 생각 정리도 하며 새로운 지식과 철학을 쌓기 위한 약속으로 삼았다.

나는 철학책과 자기 계발 관련 책을 주로 읽었는데, 처음부터 책을 읽은 건 아니고 유튜브로 관련된 영상을 가끔 챙겨 보곤 했다. 하지만 유튜브로 보는 것보다 직접 책을 읽는 것이 더 깊이 있고 몰입이 되었다. 그래서 나의 신념을 정리하기 위해 이때부터 관련 책을 읽고 흥미를 느끼기 시작했다.

그리고 전자책도 찾아보며 읽었는데 내 주관적인 생각으로는 전자책보단 종이책이 더 도움이 많이 됐다. 같은 내용이더라도 전자책보다 종이책에서 문장이 더 또렷하게 와닿았고, 집중력이 더 오래 유지되었다.

집중력의 차이도 내가 느꼈을 땐 명확하게 차이가 났다. 전자책을 읽었을 땐 집중력도 자주 흐려지고 눈의 피로도 많이 쌓여 오래 읽지 못하였지만, 종이책은 한번 몰입하면 집중력도 오래갔고, 읽은 내용도 더 기억에 남았다. 그래서 지금까지 나는 종이책간 읽는다.

나는 독서를 하며 나의 언어 선택이나 어휘력도 조금은 이전보다 눈에 띄게 향상된 걸 느낀다. 지금의 내가 예전보다 명확히 성장했다는 것이다. 그런 감각이 느껴질 때 성취감과 만족감이 생겼고 큰 행복을 느낀다. 그래서 지금까지도 시간을 내서 꾸준히 독서를 하고 있다.

또한 몸을 통제할 수 있어야 마음이 더 단단해진다. 그 시작은 역시 운동이다.

운동은 기초 생활 체력을 기르는 것부터 정신 건강에도 다양한 이점을 주고 신체 건강에도 다양한 이점을 주지만, 운동은 단순히 몸을 단련하는 것이 아닌 하루를 시작하고 통제하는 힘을 기른다고 생각해야 한다. 땀을 흘리며 운동하는 그 시간은 오직 나에게 집중할 수 있기 때문이다. 운동 또한 처음부터 무리한 목표를 가지는 것이 아닌 작은 목표부터 차근차근 성장해야 한다.

처음에는 하루 푸시업 50개, 스콰 50개, 이 정도로 하다가 점점 개수도 늘려 나가고 밖에 나가서 10분 달리기에서 점진적으로 달리는 시간을 늘려 나가거나 페이스를 더 빠르게 가져가 보는 것이다.

자신이 투자한 운동의 양은 인내와 의지를 기르며 정신력도 강해지고 자신에게 자신감과 성취감도 주며 전보다 건강한 신체를 가져다준다.

나는 운동을 굉장히 좋아하는 사람이다. 나는 웨이트와 달리기를 대표적으로 하고 있다. 수영도 가끔 하는데 수영은 일주일에 한 번 정도만 한다. 운동은 내 삶 속에서 절대 빼놓을 수 없는 취미이다.

나는 정말 강박증이 있을 정도로 운동을 좋아하는 사람이다. 강박이 생긴 이유는 내가 우울함이나 불안함 같은 부정적인 감정을 느낄 때 운동이 그 감정들을 잊게 해 주기 때문이다. 20살 때, 이제 막 성인이 되어서 사회로 내던져졌을 때, 운동선수 생활을 그만두고 한참 방황하며 우울했을 때도, 미친 듯이 뛰고 미친 듯이 무게를 드니 점차 내 머릿속의 부정적인 것들은 없어져 가고 미래를 생각하며 나아갈 수 있게 해 줬기 때문이다.

그래서 나에게 운동은 인생 그 자체다. 운동을 통해 내가 얻은 장점들이 너무 많고 운동을 통해 많이 달라지고 성장한 내 모습을 보면 그거만큼 또 행복한 게 없는 것 같다.

웨이트를 시작한 지는 2년 정도 됐다. 처음 웨이트를 시작한 이유는 태어날 때부터 마른 체형이었던 내가 강해지기 위해서였다. 그리고 몸 관리를 하는 걸 엄청 좋아하기 때문에 시작했다. 내가 느낀 웨이트의 장점은 미적인 것보다 심리적인 것들이다. 이것이 나를 더 강하게 만들었다.

먼저 웨이트는 나에게 자신감을 준다. 매일매일 고중량의 무게를 들고 성장이 한눈에 보이며 몸의 근성장도 눈바디로 매우 빠르게 보이기 때문에 스스로에게 이겨 냈다는 자신감을 준다. 정말 전에는 어렵게 들었던 무게를 지속적인 노력과 시간을 통해 지금은 가볍게 든다.

하지만 그 무게보다 중요한 걸 놓치고 있다. 그건 바로 매일같이 운동을 하러 가는 나 자신이다. 그게 더 중요하다. 스스로 마음을 먹고 하겠다는 그 의지가 고중량의 무게를 든 것보다 더 큰 자신감과 통제력을 심어 준다. 그렇게 나아가는 거다.

그리고 나에게 더 강한 정신력을 준다. 도저히 들지 못할 것 같은 한계치에 와도 한 개, 두 개씩 더 들면서 자신의 한계를 뚫으며 긍정의 힘과 강한 정신력을 준다. 같은 무게여도 어떻게 마음먹느냐에 따라 성공할지 실패할지 나누어진다.

때로는 운동이 정말 하기 싫은 날이 있다. 그런 날에는 그냥 생각을 비우고 해야 한다. 생각을 비우고 그냥 하다 보면 어느새 운동을 다 끝낸 내 모습을 볼 수 있다. 그냥 해라. 잡생각이 오히려 나를 주춤하게 만든다.

하지만 운동이 정말 하고 싶어 기다려지는 날도 있다. 그런 날에는 정말 집중이 잘 되고 내가 정한 목표 그 이상으로 운동을 해 버린다. 우리의 몸은 결코 로봇이 아니기 때문에 그날의 컨디션, 기분, 생각에 따라 그날 하루 시작이 다른 건 어쩔 수 없다. 하지만 그걸 의지와 신념으로 컨트롤할 수 있다.

처음에는 의지가 꺾이면 정말 안 해 버리지만 습관이 되고 하나의 일상으로 자리 잡는다면 운동 갈 땐 의지가 꺾여 있어도 막상 도착해서 집중하다 보면 '오늘도 그냥 해 버리지, 뭐.'라고 마음먹으며 평소처럼 열심히 한다. 그렇게 성장한 정신력은 자신을 통제할 수 있는 씨앗이 된다.

러닝 또한 마찬가지다. 러닝도 강한 정신력과 좋은 자신감을 가져다준다. 러닝 또한 단순한 운동이 아니다. 내면의 소음을 잠재우고 오로지 현재의 집중하는 일종의 명상이다. 온전히 뛰고 있는 나 자신의 발소리, 숨소리, 바람 소리, 심장 소리를 듣고, 내가 나아가는 길에 집중하며, 내가 정한 km에 도달하기 위해 내 시간에 집중하는 것이다. 노래를 들으며 뛰는 것도 매우 좋다. 하지만 노래 없이 러닝을 명상처럼 한다면 생각이 정리되고 머리가 맑아지며 집중력이 향상된다.

러닝은 정말 인생과 같다. 들어 봤을 것이다. 인생은 마라톤과 같다고. 나는 러닝이 정말 인생의 원초적인 본질을 떼어 놓은 듯한 느낌을 받는다. 많이 뛰고 꾸준히 하면 그 결괏값에 따라 실력이 늘어난다.

그래서 정말 매력적이다. 말 그대로 노력만 하면 실력이 는다는 게 내가 러닝을 시작한 이유 중 하나다.

살다 보면 노력만으로 되지 않는 일도 정말 많다. 그럴 때면 노력한 나 자신이 초라하게 보일 때도 있고 자존감이 떨어져 의지가 꺾이기도 한다.

하지만 러닝은 다르다. 노력한 만큼의 결과가 기록으로 내 몸으로 돌아오기 때문이다.

만약 노력한 만큼 기록이나 체력이 향상되지 않는다고 생각하면 정말 덜 노력한 것이다.

나는 생각이 복잡하거나 답답하거나 상처를 받아 힘들 때 그냥 뛰다 보면 생각이 정리되고 몸에서 긍정의 신호를 보내는 느낌을 받는다. 그리고 다시 일어나 내 삶에서 더 앞으로 나아가게 되었다.

러닝을 마쳤을 때 상쾌함과 성취감과 왠지 모르게 기분도 좋아지고 두뇌 회전도 더 잘 되는 느낌을 받는다.

그래서 나는 자주 생각한다. 러닝은 인생과 닮았다고. 꾸준히 나아가다 보면 이전의 나와 다른 지점에 서 있다고. 이렇게 계속 나아가다 보니 이전보다 모든 것이 다 나아졌다.

그렇다고 해서 러닝을 시작한 이유가 노력만 해선 안 되는 세상을 부정하려는 것이나, 나 자신에게 노력했다고 합리화하려는 것도 아니다. 앞서 말했듯 러닝은 나의 내면을 더 성장시킨 것이다. 그리고 뛰면서 살아 있음을 느끼고 목표 의식을 더 가지게 된 것이다.

이렇게 몇 달, 몇 년 나아가다 보니 지금은 내 삶의 일부로 정착되었고 통제력을 길렀다.

실제로 정신과 의사들이나 뇌 과학자들의 연구와 실제 경험을 통해 나온 결과를 보면 우리 몸은 운동 직후에 새로운 신경 세포 생성을 촉진시킨다. 하지만 운동 이후에 아무것도 하지 않으면 새로 만들어진 신경 세포 중 대다수가 없어져 버린다. 그럼 어떻게 해야 하나? 바로 운동 이후에 학습을 하는 것이다. 학습과 공부를 통해 새롭게 만들어진 신경 세포들을 연결해 주는 것이다. 시냅스의 연결과 같은 것이다. 만들어진 신경 세포를 쓸모 있게 만드는 건 학습이다. 그래서 운동은 우리의 뇌에 자극을 주고 우리 뇌를 깨워 준다. 그래서 세계 유명 교수들이나 의사, 과학자들을 보면 운동을 꾸준히 하는 사람들이 많다.

혹시 "운동할 여유가 없는데…." "책 읽을 시간이 없는데…." "굳이 힘들게 왜 해?"라고 말을 한다면 나 또한 당신에게 말해 주고 싶다. 내 몸을 스스로 통제하지 못해 해야 할 일을 제때 하지 못하고 미루기만 한다면 당신은 원하는 목표를 이루지 못할 것이다. 이 기본적인 것들도 스스로 약속하지 못하는데 무엇을 하겠는가.

인간의 본성 중에는 위버기버라는 악마가 있다. 우리의 내면을 공허하게 만들고 실행력과 의지를 파괴한다는 뜻의 단어다. 무언가를 시작하기 전이나 시작하는 도중에 이런 감정이 느껴질 것이다. 하지만 모든 것은 꾸준히 해야 성과가 나오기 마련이다. 그러니 지속적으로 자신에게 시간을 투자해야 한다.

명심해라. 이 모든 건 결국, 자기와의 약속이다. 몸을 다스릴 수 없는 사람은 마음 또한 다스릴 수 없다. 즉, 신념이 밑거름이 되고, 의지가 밑받침이 되어, 스스로 몸을 통제할 수 있는 사람이 되어야 성장의 씨앗이 자라난다.

이렇게 나는 스스로 몸을 통제하고 컨트롤하며 내가 원하는 목표를 이뤄 가며 살아가고 있다. 그리고 또 한 가지가 있다. 바로 스스로 적은 글이다. 나는 매일 일기를 쓴다. 그게 내 하루 마무리 루틴이다. 이 루틴을 지킨 지는 12년이 좀 넘어간다.

일기를 쓰는 이유는 기록하는 습관을 지니기 위해서다. 또한 기록하는 순간이 좋다. 글을 쓰는 것도 좋아하지만, 하루를 되돌아보며 나 스스로에게 질문을 던지는 시간이 필요했다. 그래서 매일 일기를 쓴다. 어제보다 더 나은 내가 되기 위해서다.

일기에는 오늘 하루 일과부터 자기 전까지 느낀 것들을 전부 매일매일 기록한다. 내 삶을 기록하며 지난 날들 중 하루하루 정확히 뭘 했는지 까먹었을 때 다시 한번 일기를 보면 그때의 기억이 새록새록 떠오른다.

이렇게 하루에 무조건 지키는 규칙들이 있으니 내 하루의 템포가 망가지지 않고, 내가 원하는 규칙적인 삶을 살아가고 있다. 하지만 스스로에 대한 책임과 루틴도 중요하지만 가끔은 실수도 하고 쉬어 갈 줄 아는 것도 우리 인생을 살아가는 힘이다.

내가 한참 일기를 쓸 때 적은 글이 있다. 이 글은 내가 읽은 책을 통해 내 몸과 마음을 스스로 통제하기 위해 적은 글이다. 그 글의 내용은 이렇다.

나는 해낼 것이다. 나의 행복을 위해 나와 싸우고 해낼 것이다. 내가 마음먹은 만큼만 행복할 것이다. 모든 것은 마음먹기, 생각하기 나름이기에. 있는 그대로 모든 것을 받아들이고 그 환경, 상황에 나를 맞춰 갈 것이다.

몸도 잘 돌볼 것이다. 매일같이 운동하고 책도 읽고 밥도 많이 먹고 많이 잘 것이다. 그래서 내 몸을 완벽하게 컨트롤하고 통제할 수 있게 만들 것이다.

그리고 정신도 단련할 것이다. 지식도 쌓고 공부도 하고 집중해서 생각하고 의미를 파악하고자 노력해야만 이해할 수 있는 글을 읽을 것이다.

그리고 하루에 한 가지 이상 영혼을 단련하기 위해 내가 원치 않는 일을 하거나 다른 사람을 돕는 일을 할 것이다.

또한 하루에 한 번쯤은 많이 웃기도 할 것이다. 밝은 표정을 짓고 가능한 어울리는 옷을 입고, 부드럽게 이야기하고 예의 바르게 행동하고, 솔직해지고, 비판하지 않고, 칭찬하고, 어떤 사람도 통제하지 않으며 일에도 흠잡지 않는 사람이 되겠다.

오늘 하루를 어제도 내일도 과거도 미래도 걱정 없이 오로지 현재에 집중하겠다. 그리고 내가 짠 하루 일과를 철저히 따를 것이다.

그리고 오늘 하루는 두려워하지 않을 거다. 행복하지 않을까 봐, 누군가가 나를 떠날까 봐, 아름다움을 누리지 못할까 봐, 사랑받지 못할까 봐, 내가 사랑하는 사람이 나를 사랑하지 않을까 봐 두려워하지 않을 거다. 다시 말해 모든 것을 있는 그대로 받아들일 것이다.

자신에게 평화를 가져다주는 것은 나 자신밖에 없다.

난 된다. 난 될 놈이다.

이 글을 읽는 당신도 성공을 위해 스스로 통제할 줄도 알고 컨트롤할 줄도 알았으면 좋겠다.

정말 살다 보면 우리 인생에서 유혹에 빠질 만한 것들이 너무나도 많다. 물질적으로 술, 담배, 이성, 도박, 쇼츠, 인스타, 유튜브 등이 있고 정신적으로는 게으름, 미룸, 도파민, 무능함 등이 있다. 그런 유혹에 빠지게 되면 자신의 인생을 주도적으로 살지 못할 것이다. 인간은 해야 할 일을 뒤로 미루려는 경향이 있다. 우리는 그걸 통제하지 못하고 컨트롤하지 못하면 시간에 쫓기고 삶에 쫓겨 살며 시간이 없다는 변명거리를 내놓을 것이다.

이런 유혹에 빠져 살면서 그런 루틴들을 당연하게 여기고 자신이 시간 낭비를 하며 시간에 쫓기는지도 모르는 사람들이 많다. 아침에 눈을 뜨자마자 인스타를 켜고, 아무 생각 없이 유튜브나 쇼츠를 보며 하루를 보낸다. 별생각 없이 폰만 하루 종일 보다가 술 약속을 잡고 술자리에 가서는 술을 퍼먹으며 자기들끼리 나는 뭘 하고 있고 나는 미래에 뭘 할 거라는 꿈만 꾸는 얘기들과 이성 얘기, 돈 얘기, 별 의미 없는 얘기들만 늘어놓고 있다. 즉, 말만 한다. 정작 꿈을 위해 한 발짝도 걸어가지 않으면서 꿈을 꾸기만 한다. 성공이 눈을 뜨고 일어나면 찾아올 줄만 안다. 철없고 가볍기만 하다.

나는 내 주위에 이런 사람을 단 한 명도 두지 않았다. 나와 너무나도 맞지 않았고, 내 삶에 도움이 되지 않는다고 느꼈기 때문이다. 곁에 사람을 잘 두는 것도 인생 살면서 정말 정말 중요하다. 자신과 맞지 않는 사람과 억지로 맞추려 하지 말고 자신과 맞는 사람과 쭉 좋은 관계를 유지하는 것도 나를 컨트롤하는 능력이라고 생각한다. 그렇게 자신의 주변 환경, 사람을 미래 지향적으로 바꿔 나가면 훨씬 더 풍요로운 삶을 살 수 있고 자기 주도적 삶을 살아가면서 내가 원하는 방향으로 갈 수 있을 것이다.

우리는 몸과 마음을 모두 주도적으로 통제하고 사용할 수 있어야 비로소 진정한 자유로운 인생을 살 수 있다. 그렇게 나를 지휘하는 삶을 살아가자.

인생은 누가
대신 살아 주지 않는다

우리는 태어난 순간부터 끝없는 레이스를 시작한다. 삶이 끝나지 않는 한 우리는 계속 더 나은 미래를 위해 끊임없이 나아간다. 그러한 과정에서 포기하고 싶어질 때도 있고 주춤하고 외로우며, 뭘 위해 이렇게까지 하나 싶은 생각에 잠기기도 한다. 그런 생각에 잠겼을 때 주저하지 않고 다시 일어나 나아간다면 반드시 좋은 결과가 올 것이다.

자신의 인생을 누가 대신 살아 주지 않는다. 내 삶은 내가 꾸려 나가는 것이고 스스로 계속 나아가는 것뿐이다. 우리는 다 처음 사는 인생이다. 대기업의 유명한 회장들도, 권력으로 가장 위에 서 있는 대통령도, 한 나라를 대표하는 국가 대표들도, 유명한 사업가들도 전부 처음 사는 인생이다. 처음 사는 인생인데, 어떻게 단점이 없고 완벽할 수가 있는가. 저렇게 위대한 사람들도 하나씩 단점이 있기 마련이다. 그래서 우리는 실수하고, 넘어지고, 억울하고, 어렵고, 부족하고, 급해지기도 한다. 하지만 뭐 어떤가. 이것도 내 모습이고 저것도 내 모습인데.

우리의 삶은 성공의 나이가 정해져 있지 않다. 누구는 학생 때부터 재능을 살려 그걸 직업으로 삶을 살 수도 있고 누구는 늦은 나이지만 큰 성공을 거둘 수도 있다. 그리고 우리가 기억해야 할 건 돈이 성공의 전부가 아니라는 것이다. 여러분은 진정한 성공이 무엇이라고 생각하는가? 내가 생각하는 진정한 성공은 돈도 포함되겠지만 자신의 삶에 행복을 느끼고 나를 믿어 주는 사람이 있고 후회 없는 삶을 살고 있는 것이 진정한 성공이라고 생각한다.

또한 각자 태어나는 시작점도 각각 다르기 때문에 남들보다 뒤처진다고 눈치 볼 필요 없고 서두를 필요 없다. 철학자 니체는 이렇게 말했다. "인간이 자신의 삶을 살기 위해서는 타인의 시선과 평가로부터 자유로워져야 한다." 나도 이렇게 생각한다. 우리는 사회 속에서 습관처럼 눈치를 본다. 하지만 우리는 오로지 자신의 길을 가야 하고 내 삶에만 집중해서 스스로의 삶을 개척해 나가야 한다. 결국 세상을 위한 도전 앞에선 스스로 싸워야 하기 때문이다. 그 누구도 대신해 주지 않는다.

우리는 우리 삶의 주인공이다. 영화나 드라마를 보면 아무것도 하지 않는 주인공은 없다. 언제나 주인공은 이야기를 이끌어 가며 결말을 완성시킨다. 그래서 모든 이야기에서 중심은 주인공이다. 이야기는 그를 따라 흘러가며 끝내 그의 선택으로 이야기가 완성된다.

그렇기에 지금 내가 하는 선택과 과거에 했던 선택과 행동이 결국 내 삶의 방향을 바꾸게 된다. 우리의 삶에선 우리가 주인공인데 아무것도 안 한다면 지나온 발자취들을 볼 때 후회와 미련이 남을 것이다. 그렇게 후회하고 미련을 가지기 전에 행동으로 실천하자.

앞서 말한 인생은 주관식과 내 몸을 스스로 통제하는 법을 우리는 익혔다. 그다음은 우리 스스로 나아가는 힘을 기르는 것이다. 제목에 적었듯 우리의 삶을 누가 대신 살아 주지 않는다. 아무리 친한 친구여도 가족이어도 내 삶에 도움을 주고 힘을 주되, 결국 살아가는 건 나 자신이다. 그래서 우리는 스스로 끊임없이 배워야 하고 만약을 대비해 삶을 스스로 살아갈 수 있도록 혼자 사는 법도 익히고 혼자 있는 시간도 많이 겪어야 한다.

20살이 된 후에 알바를 통해 돈을 벌어 보고, 살림살이도 다 배우고, 혼자서 번 돈으로 사고 싶은 것도 사 보고, 주식으로 수익도 내 보고, 돈 관리도 철저히 해 보고, 스스로 새로운 공부를 독학하며, 다양한 취미도 시작해 보는 등 다양한 것을 경험하고 시간을 가지면서 도움 없이 혼자 사는 법을 익혔다.

그리고 나는 주로 혼자 있는 시간을 많이 가진다. 노는 것도 그다지 좋아하지 않고 하루하루 발전해 나가는 삶을 선호하는 편이다. 그리고 가끔씩 친한 사람들과 모임을 가지며 시간을 보내는 것도 좋아한다. 하지만 연속으로 약속을 잡진 않는다. 시간을 마냥 허비한 것 같고 해야 할 일을 하지 않은 것 같다는 생각이 생기기 때문이다. 그래서 스스로 다시 나의 루틴에 들어가려고 한다.

노는 것도 심플하고 건강하게 노는 것을 좋아한다. 주로 경치 좋고 인테리어 좋은 카페에 가서 얘기하는 것을 좋아하고, 전시회나 한강 같은 곳에서 풍경 보고 그림 보며 휴식을 취하는 걸 좋아했다. 그러면서 나는 정신적으로 신체적으로 회복을 하고 다시 자기 계발과 내 일에 몰입한다.

우리 삶은 정말 배울 것들이 끝도 없다. 그래서 우리는 더 많이 경험하고 배우고 보고 듣고 느껴야 한다. 또한 우리의 시간은 매우 소중하고 인생은 한 번밖에 없다. 한 번 사는 인생 찬란하게 빛나고 후회 없는 삶을 살기 위해서 자신을 위해 살아 보자.

나는 내가 잘하는 것들과 즐거워하는 것들을 찾고 내 꿈을 찾기 위해 나아가고 있다. 이 삶이 난 너무 재밌다. 이렇게 글을 적는 것도 매번 운동을 가는 것도 독서를 하는 것도 본업을 하는 것에서 성장하고 성취감이 쌓이는 게 난 너무 재밌다.

이 글을 읽는 당신들도 이런 행복감을 느꼈으면 좋겠다. 무언가에 집착할 정도로 미쳐 있으면서 재미를 찾고 중독이 된다는 것. 하지만 오로지 자기 계발에서만 이런 재미를 찾았으면 좋겠다. 우리는 이 책을 읽고, 읽기 전과 똑같은 삶을 살려는 것도 아니고 겉핥기만 하려는 것도 아닌, 앞으로 살아가는 인생에서 조금 더 도움을 얻고 의식적으로 나아가는 삶을 살기 위해 이 책을 읽는 것이기 때문이다.

이렇게 우리는 우리의 인생에 집중해야 한다. 짧은 인생, 좋은 것만 보고 살아도 누릴 행복이 부족한 삶이다.

그리고 자신의 삶을 위해 나아가는 만큼 수면과 휴식은 굉장히 중요하다.

2016년 헐트국제비즈니스스쿨의 비키 컬핀 교수의 수면의 질이 직장 생활에 미치는 영향에 대한 연구 결과를 보면 제대로 된 휴식을 갖거나 잠을 자지 않으면 오히려 자신이 하는 일의 성과가 떨어진다고 한다. 6시간 수면과 8시간 수면을 비교했을 때도 8시간 수면이 업무 집중력이나 강도, 기억력, 효율성 등 훨씬 큰 차이를 보였고, 직장인들도 평균 수면 권장 시간을 조사했을 때 80%가 7~9시간 수면을 만족한다고 했다. 또한 내가 읽은 책, 『몰입』의 저자도 매일 6시간 자며 공부했을 때보다 8시간 자고 공부를 했을 때 훨씬 공부가 더 잘 됐다고 했다.

실제 회사의 경험에서도 보면, 충북 충주의 에네스티라는 화장품 제조 회사가 있다. 그 회사는 5년째 전 직원 주 4일제를 시행했고 그 결과 연 매출은 60억에서 100억으로 66%나 늘었다. 근무 시간은 줄었지만 오히려 매출은 는 것이다. 근무 시간은 월요일부터 목요일까지 오전 8시 반부터 오후 6시 반까지였고 금, 토, 일은 휴식과 취미 생활, 자기 계발 등을 했다고 한다. 이 회사의 직원들은 주 4일 근무로 인해 충분한 휴식을 해서 일할 때 더 몰입해서 일할 수 있었다고 한다.

나 또한 하루에 8시간 이상은 무조건 자려고 노력하고 있고 일주일에 하루 정도는 온전히 혼자 있는 시간을 가진다. 주로 그런 시간은 일요일에 보내는데 일요일에는 지난 일주일을 점검하고 돌아보며 생각을 정리하기도 하고 정비도 하며 스스로에 대한 회복을 한다. 또한 다음 주에 있을 일정이나 루틴을 계획하고 해야 할 일들과 목표를 적어 놓는다. 이렇게 나는 일요일은 약속 없이 쉬며 다음 주에 대한 준비를 한다. 그렇게 하루 동안 온전히 나에게 집중하는 휴식을 취함으로써 내 몸과 정신은 완전히 회복을 한다.

나는 이런 마인드와 루틴으로 나를 컨트롤하고 통제하며 오로지 내 삶을 살고 책임지지만 당신만의 더 좋은 방법도 있을 것이다. 중요한 건 자신에게 맞는 루틴과 흐름과 신념을 찾아 지키고 해 나가는 것이다.

그렇게 나아가면서 우리는 사소한 거에 감사함을 가져야 한다. 감사함을 느낌으로써 더 교양 있고 풍요로운 삶을 살 수 있기 때문이다. 감사함을 느끼고 표현하는 것은 자기 수행의 결실이다.

우리의 삶에는 정말 감사한 것들이 넘쳐 난다. 당연하게 생각한 것들을 우리는 언제, 어떻게, 무엇을, 사용하고, 보고, 느끼고, 듣는지 생각해 봐야 한다. 우리가 당연하게 누리는 권리들은 어쩌면 당연한 게 아니고 만약 없었을 때의 불편함을 생각하며, 있는 것에 감사해야 한다.

우리의 삶에서 대중교통이 없어지고, 마트, 편의점, 음식점 등이 사라진다면, 이동할 때나, 식재료, 간식 등 음식을 사고 먹지 못해서 불편할 것이다. 일자리가 사라지면 살아가는 데 힘들어지고 불편해질 것이다. 더울 때 에어컨이 없고, 추울 때 난방이 없으면 불편할 것이다. 삶에서 노래가 없다면 허전함을 느낄 것이다. 이 외에도 우리 인생에서 당연하게 편리함을 누린 것들이 사라진다면 불편함을 느낄 것이다. 그리고 이런 편리함을 가져다주는 것은 사람들이다.

정말 우리의 인생은 남에게 도움을 받으며 누리는 편리함이 너무나도 많다. 우리는 익숙함을 소중히 여기고 감사하며 인생을 살아가야 한다. 하지만 그렇다고 해서 남이 우리의 인생을 대신 살아 주진 않는다. 나를 컨트롤하고, 내 삶을 책임지며 원하는 방향으로 밀고 나아가는 건 나의 몫이다. 우리가 주변의 환경으로 인해 누리는 편리함과 권리는 남의 몫이기도 하지만 내 인생을 밀고 나아가는 건 오로지 나다. 더 이상 누군가가 아니라 스스로의 이름으로 인생을 살아가야 한다.

나는 이런 마인드와 루틴으로 나를 컨트롤하고 통제하며 오로지 내 삶을 살고 책임지지만 당신만의 더 좋은 방법도 있을 것이다. 중요한 건 자신에게 맞는 루틴과 흐름과 신념을 찾다 지키고 해 나가는 것이다.

명심하자. 내 삶을 결국 책임질 수 있는 사람은 나 자신뿐이다. 대신이라는 말은 여기선 허용될 수 없다.

겸손과 존경

삶을 살아가다 보면 어떤 분야든 잘하는 사람과 부족한 사람은 나뉘어 있다. 그래서 어떤 분야든 나아가다 보면 내가 누굴 가르칠 실력이 되거나, 끝없이 배우기도 하고, 부족함도 느끼고, 넘을 수 없는 벽도 느낄 것이다. 그 과정에서 존경하고 존중하며 자신이 작게 느껴진 적이 있을 것이다. 하지만 작아질 필요 없다. 자신의 1일 차를 다른 사람의 100일 차와 비교할 필요 없다는 것이다.

그리고 겸손하지 못하고 오만하고 경솔하며 거만하다면 스스로 만족으로 인해 성장이 멈출 것이다. 또한 거만해서 방심하고 그 방심이 실패가 될 수도 있고, 그 거만으로 인해 자신이 지금 하고 있는 것을 충분히 잘하고 있다고 생각했는데 벽에 부딪히면 자책과 상실감이 더 크게 찾아올 수도 있다.

여러분은 겸손이 무엇이라고 생각하는가? 내가 생각하는 겸손은 말을 아끼고 자신의 위치를 알아 가며 성장의 길을 찾아 나가는 것이다. 그래서 겸손이 성공의 발판이 된다고 생각한다. 또한 겸손하다는 것은 부족함을 받아들이고, 성숙해지는 과정을 겪는다고 생각한다.

삶에 있어서 겸손은 필요하다고 생각한다. 오만하고 거만한 자들은 눈에 띄는 특징이 있다. 그 특징들을 보면 자신의 약점을 인정하지 않으며 다른 사람을 쉽게 무시하고, 잘못을 남 탓을 하며 기회조차 걷어차 버린다. 그게 설령 기회를 준 은인일지라도 말이다.

그런 사람들을 보면 화가 나거나, 답답하기도 하고 한심할 수도 있다. 하지만 딱히 신경 쓰지 않아도 된다. 왜냐하면 사람은 내 맘대로 절대로 바꿀 수 없기 때문이다. 또한 앙갚음하려고 해 봤자 그 앙갚음은 남보다 자신을 더 해치기 때문에 그냥 '저런 사람도 있구나. 나는 저러지 말아야겠다.'라고 생각하고 그냥 갈 길을 가는 것이 정신에 좋다. 내 시간은 내 에너지이고 돈이고 삶이기 때문이다.

하지만 겸손이 과해지면 굴복하게 되거나 자기 비하로 이어질 수도 있다. 그래서 나는 겸손과 스스로에 대한 자존감이 조화를 이루어 등가 교환의 법칙이라는 저울이 맞아야 한다고 생각한다.

육준서라는 화가가 있다. 그는 고등학교를 졸업하자마자 UDT(Underwater Demolition Team, 수중 폭파팀)이라는 해군 특수부대에 가서 하사로 전역 후 화가의 삶을 살고 있다. 그는 「강철부대」에서 처음 큰 유명세를 얻고 그 이후에도 다양한 방송에 출연하여 인지도를 높여 갔다. 그는 정말 다양한 취미가 있는데, 그중에서도 복싱을 굉장히 좋아하는 사람이다. 그리고 그가 복싱을 시작한 이유에 대해 말을 한 적이 있다. 그는 이렇게 말했다. "예술은 뭔가 특히나 더 객관적인 지표가 없어요. 자기가 앞으로 잘 가고 있는지에 대해서 주변 사람들도 판단을 해 주기 어려워요. 근데 이 운동이라는 걸 하고 벽을 한 번 만나면 좌절할 수도 있고 상처를 받을 수도 있는데 그게 저에게 뜨거운 연료가 될 때가 많아요. 그래서 정말 겸손해야 된다는 걸 깨닫게 되었어요." 그는 유명세를 타 큰 인지도도 얻고 인기도 얻고 화가로서 다양한 작품도 만들면서 '이 정도면 괜찮

겠는데? 이 정도면 잘하는데?'라는 생각이 있었지만 이 복싱이라는 운동을 통해 '난 아직 많이 부족하구나, 겸손해야겠구나.'라는 감정을 느끼면서 더 성장할 수 있었다고 한다.

그는 TV 프로그램 「아이엠복서」 인터뷰 중 "육준서에게 복싱이란 스포츠는?"이라는 질문에 "복싱은 제게 단순한 스포츠 이상으로 삶에 많은 배움을 주는 영역에 더 가까운 것 같습니다."라고 대답을 했다.

나도 지속적인 공부와 운동을 통해 많이 부족하고 겸손해야 한다는 걸 느끼고 있다. 그리고 그런 배움을 통해서 삶을 배워 나가는 과정을 겪고 있다.

우리는 다양한 사람을 만나면서 배우고 싶은 사람이나 존경하는 사람이 생기게 된다. 나는 살아가면서 배우고 싶고 존경하고 싶은 사람들이 정말 많다. 그런 사람을 롤 모델이라고도 한다. 그리고 그렇게 존경하고 배우고 싶은 사람을 롤 모델로 삼기도 한다. 롤 모델을 정하는 기준은 자신의 삶의 목표에 먼저 도달했거나, 그 사람의 신념, 우상, 배우고 싶은 것들, 동기 부여 등 정말 다양하다. 그리고 나이에 상관없이 배울 것이 보인다면 난 그것을 내 장점으로 가져오려고 한다.

예를 들면, 내 장점과 생각보다 그 사람의 생각과 장점이 내가 생각했을 때 나보다 더 뛰어나다면 나는 존경을 하며 상대방의 좋은 것들을 보고 배우려고 한다. 더 나아가 나의 롤 모델로 삼기도 한다. 그게 설령 친구가 됐든, 나보다 어린 동생이 됐든, 스스로 생각해 봤을 때 보고 배울 게 있다면 난 나를 위해 배운다. 우리 모두 공감할 것이다. 배움에는 나이가 없다고. 각자 살아가면서 보고 느낀 게 다르고 양이 다르고 깊이가 다르기 때문에 적은 나이여도 나보다 훨씬 뛰어난 사람도 많다고 생각한다.

그렇지만 삶이란 게 따라간다고만 해서 성공하는 것은 아니라고 생각한다. 그래서 그 과정에서 우리는 자신의 삶을 자신만의 방법으로 개척해 나가야 한다. 그리고 그 방법은 오로지 스스로 연구하고 나를 알아 가며 자신의 스타일로 바꿔 나가야 한다. 롤 모델은 존경하거나 닮고 싶은 사람이나 내가 하는 일에서 본받을 만하고 모범이 될 대상일 뿐이고 삶을 살아가는 건 결국 자신이다.

명심하자. 롤 모델을 삼는 것도 좋고 겸손하고 존경하는 것도 좋다. 하지만 그것보다 더 좋은 건 롤 모델로 인해 인생의 모양을 결정하지 말고 스스로 세상을 보는 눈을 만들어 가는 과정이 필요하다.

나만의 길을 찾아라

우리는 절대 인생을 누가 대신 살아 주지 않음으로써 스스로 내 삶을 책임지는 법을 익혔다. 그 과정에서 우리는 다음 단계로 오르는 여정 속에서 나만의 길을 찾아야 한다. 우리의 인생은 태어난 순간부터 각자의 발자취를 새기며 각자만의 길을 향해 나아간다. 그 길이 어떻든, 세상의 어떤 사람이든 하나같이 꿈을 꾸며 자신의 길을 나선다.

나만의 길. 오로지 나만이 할 수 있는 것. 지금껏 살면서 재능이 하나도 없는 사람은 없다. 신은 공평하다. 지금의 삶이 불만족스럽고 불행하다 생각이 들거나 공평하지 않다고 생각된다면 신은 너에게 그걸 이겨낼 끈기와 의지를 가져다준 것이다.

너를 찾아라. 너의 길을 찾아라. 너를 믿어라. 너를 믿고 지금 당장 이루고 싶은 꿈이나 버킷 리스트를 당장이라도 실행하고 실천해 봐라. 우리는 살면서 이런 말을 많이 들어 봤을 것이다. 시작이 반이라고.

시작하자마자 관두는 사람은 없다. 적어도 몇 초라도 몇 분이라도 해보고 그만둔다. 그렇게라도 해 보는 것이다. 그렇게 점점 투자해 쌓인 시간은 너의 가치를 증명하고 너의 노력을 알아주고 너에게 결과를 줄 것이다.

버티고 버텨라. 혹시나 지금 가고 있는 길이 내 길이 아니라고 생각이

든다면 다시 여러 번 생각해 봐라. 그럼에도 맞지 않는다면 과감히 포기하고 새 길을 찾는 것도 좋은 방법이다.

맞지 않는 길을 억지로 잡고 늘어질 필요는 없다. 아니면 주변의 얘기나 '부모님이 원해서'라는 말로 네가 가고 싶은 길을 가지 않고 다른 사람의 말을 듣고 자신 스스로 우뚝 서지 못하는 삶을 산다면 그건 자신의 길이 아니다. 다른 사람이 원하는 길을 대신 걸어 줄 뿐이다.

나 또한 길고 긴 시간 동안 갈고닦아 왔던 것을 포기하고 20살 때 새 시작을 했다. 평생을 해 오던 것이 나에게서 사라지고 인생의 절반 동안 정해진 시간에 해 왔던 걸 안 하게 되니 어색하고 공허하고, 불안하기도 했으며 한편으론 해방되어서 조금의 기쁨과 안도의 한숨을 쉰 적도 있다. 근데 그것도 잠시 성인이 되고 사회 초년생이 되어 사회에 내던져지니 다시 불안이 나를 급습해 오고 나는 어쩔 줄 몰라 닥치는 대로 공부하고 운동하고 알바를 했다.

두려웠었다. 이대로 내가 도태될까 봐. 20살이 되었으니 뭐라도 해야 할 것 같고, 내 인생을 내가 완전히 책임져야 한다고 생각했다. 거울 속 나 자신의 표정은 그다지 좋아 보이지 않았다. 그 당시에도 일기를 매일 썼는데 일기의 내용도 좋은 내용이 많지는 않았다.

일기의 내용을 조금 적어 본다면 대부분 세상에 대한 증오와 불공평에 대한 불만이었다. 하지만 동시에 젊은 패기와 독기가 가득 차 있는 신념이 담긴 글이었다. 지금의 내 신념과는 좀 달랐다.

그 당시의 신념은 나의 성공을 생각하며 동시에 나를 싫어하는 사람들을 생각했다. 내가 성공했을 때 그들의 표정과 행동을 생각하며 그들을 증오하며, 나를 밀어붙였고 나를 좋아해 주는 사람들조차도 걷어차려고 했었다. 그 당시 나는 너무 성급했고 불안해했으며, 증오와 혐오를 나의 원동력으로 삼았었다.

하지만 시간이 지난 현재는 누군가를 증오하고 혐오하는 게 시간 낭비, 감정 낭비라는 것을 알게 되고 그 누구에게도 적대감을 품지 않는다. 그냥 원수를 용서하고 원수를 품어 주고 그들의 화살을 웃으며 받아넘긴다. 그때 느낀 경험과 신념은 지금의 날 훨씬 나은 사람으로 만들어 가는 과정이었다. 그리고 그때의 나를 내가 만난다면 위로를 해 줄 것 같다.

누군가는 나만의 길을 10대에 찾을 수도 있고 누군가는 20대, 30대가 지나서도 자신이 진정으로 원하는 삶을 찾지 못할 수도 있다. 나 또한 21살까지는 방황을 했었다. 대학교 1학년을 마치고 21살에 군대에 가서도 나는 하고 싶은 것은 많은데 정작 내 꿈의 방향을 정하고 나아가지는 못했다. 여전히 20살 때처럼 뭐라도 붙잡고 해 보기만 했던 것이다.

그 시간이 나쁘다고는 생각하지 않는다. 우리가 꿈을 가진다고 해서 정말 그렇게 인생이 흘러가는 것도 아니고, 인생이란 정말 한 치 앞도 예상할 수 없는 변수들이 너무 많이 작용하기 때문이다. 그 시간에 깨달은 것들도 많았고, 나와 전혀 다른 삶을 살았던 사람들과도 그 군대라는 공간에서 다양한 이야기를 하며, 내 세상의 폭을 넓히고 새로운 지식들도 쌓아 갔다.

또한 내가 진정 원하고 준비했던 것이 한순간에 물거품이 되어 버릴 수도 있고 전혀 예상치 못했던 분야나 상황에서 나에게 기회가 주어질 때가 있다. 그리고 기회가 왔을 때 바로 잡아야 한다. 기회는 절대 쉽게 주어지지 않고 항상 준비된 자세를 유지하며 마치 굶주린 포식자가 항상 먹이를 찾으러 다니는 것처럼 우리도 항상 기회를 찾아야 한다. 그렇게 주어진 기회에서 우리는 나만의 길을 찾을 수 있을 것이다. 그래서 우리는 기회가 오기 전에 내가 진정으로 원하는 것, 하고 싶은 것, 잘하는 것, 좋아하는 것 등을 생각하고 내가 원하는 삶을 한번 골똘히 생각해 봐야 한다.

그런 과정에서 자신의 꿈과 원하는 방향을 찾을 수 있고 복잡한 세상의 미로를 풀어 나가 성공이라는 문으로 나아갈 수 있다.

내가 일기를 쓰고 하루에도 몇 번씩 나에 대해 생각을 하는 이유가 이것 때문이기도 한다. 지금에서야 나는 삶의 방향을 정했고 나의 삶을 계획하고 설계했다. 그리고 내가 이루고 싶은 버킷 리스트와 매년 목표를 적고 연말이 되면 항상 내가 적은 목표 중 몇 개를 이뤘는지 보며 그때의 기억을 다시 한번 생생하게 생각해 본다.

나는 내 삶의 방향을 정하기 위해 알바도 이것저것 하고, 모임 같은 데도 나가 보고, 해외 인턴 경험도 쌓고, 내가 원하는 분야에서 더 깊게 긴 시간을 투자한 사람들과 이야기도 해 보고, 스스로 공부를 하기도 했다. 나는 알바를 하거나 해외 인턴을 할 때 항상 이런 마음으로 일을 시작한다. '이곳은 내가 지금 삶의 방향을 정한 곳이다. 이곳에서 내가 없으면 불편할 정도로 일을 배워 해 나가야겠다. 짧은 시간이어도 여기서 배울 수 있는 모든 것을 배우고 모든 것을 해 봐야겠다. 나는 1인 기업이다.' 이런 마음이 있어야 지속적인 동기 부여가 쌓이고 그 안에서 성취감도 쌓이고 의미 있는 시간을 보낼 수 있기 때문이다.

아무 생각 없이 알바나 인턴을 한다면 그냥 돈을 시간과 바꾸기만 하는 거래밖에 되지 못한다. 우리의 시간은 소중하다. 하루를 살더라도 소중하게 대하자. 그리고 나보다 내 분야에서 더 깊은 지식과 경험을 가진 사람들과 대화를 하면 질문을 많이 한다. 일단은 내가 직접 보고 느낀 지식과 방법도 중요하지만 그들만의 노하우나 지식을 들어 봐야 한다고 생각하기 때문이다. 노하우는 절대 무시할 수가 없다. 그들의 머슬 메모리와 브레인 메모리는 그들의 연륜이자 무기기 때문이다.

이렇게 누군가는 돈을 시간으로 사거나 하루하루 지나가길 바라는 삶을 살 수도 있고, 나와 비슷하게 생각하는 사람들도 있고, 나보다 더 좋은 아이디어와 방향과 자신만의 방법이 있는 사람들도 있을 것이다. 결국 자신의 경험과 살아온 삶을 통해 자신의 길을 찾아야 한다.

한번 당신들도 진정으로 원하는 것, 하고 싶은 것, 잘하는 것, 좋아하는 것들을 생각해 보고 자신의 삶에 대해 좀 더 깊게 생각해 보고 죽기 전에 후회 없이 해 보고 싶은 것들을 생각해 보는 시간을 가져보길 바란다. 나는 젊은 층에 속해 있고 내 또래 사람들이나 나보다 어린 친구들과 꿈 얘기나 삶에 대한 얘기를 해 보면 정말 순수하고 열정적인 꿈을 가진 애들도 있고 들었을 때 감탄사가 자동으로 나오며, 자신을 100% 믿고 신념 가득한 눈빛이 보이는 사람이 있다. 그런 사람을 보면 '얘는 성공하겠다.'라고 확신이 들기도 한다. 반면 꿈 없이 마냥 하루살이 인생을 사는 사람도 있고 "나중 되면 뭐라도 하겠지." 하며 당장 놀기 바쁘고 즐기기만 바쁜 사람들도 있다.

그렇다고 절대 무시하거나 한심하게 생각하면 안 된다. 자신의 인생도 어떻게 될지 모르기 때문이다. 인간이란 어떠한 사람이든 기본적으로 존중받아야 하는 존재라는 것을 명심했으면 좋겠다. 모든 인간은 "나는 특별해."라는 인정받기를 갈망하는 어린아이의 내면이 존재한다. 다른 사람의 그걸 존중하지 않으면서 자신은 존중받으려는 생각을 가진다면 아마 당신 또한 존중받지 못할 것이다. 그러니 존중해라. 정말 존중하지 못하겠다면 신경 쓰지 말고 가던 길을 그냥 가라.

그렇게 신념을 가지고 나만의 길을 가다 보면 원치 않는 비판들이 나를 감싸기도 한다. 친한 사람이 갑자기 나에게 비판을 하기도 하고 나를 싫어하기도 하며 괜한 똥파리와 하루살이들이 꼬이기도 한다.

그런 것들을 신경 쓰고 멘탈이 나가거나 휘둘려 나의 길을 가지 못하면 안 된다. 그들이 뭘 알겠는가? 당신의 노력을, 과정을, 고난과 역경을, 최선을. 그 어떤 것도 자신이 아는 만큼 알지 못한다. 직접 겪어 봐야 아는 사람들이거나 직접 겪어도 모르는 둔한 사람들도 있다. 근데 그들의 수준을 맞춰 주며 가던 길을 멈추고 시간을 허비할 순 없다.

우리의 인생은 우리 것이다. 눈치 보지 말고 나아가자. 할 수 있는 대로 최선을 다하고 우산을 들어 비판이라는 빗줄기를 피하고 내 몸이 젖지 않도록 해야 한다. 나를 싫어하는 자에게 반응을 하는 건 그들이 원하는 대로 해 줄 뿐이다. 자신에 대해 가장 엄격한 비판자가 되어 우리의 약점을 찾아 고치고 나아가라. 그런 사람들은 확신을 가진 자들의 추락을 보고 싶어 자기가 최대한 할 수 있는 방관만 할 뿐이다.

유명한 연예인같이 TV에 출연하는 사람들은 우리보다 훨씬 더 많은 비판과 욕설, 악플 등을 받는다. 같은 사람인데 뭐가 그렇게 배알이 꼴려서 익명이라는 방패를 들고 못 하는 말 없이 다 적는 것일까. 찾아보진 않지만 어쩔 수 없이 눈에 들어오면 가끔씩 그들의 악플을 본다. '정말 저런 생각을 하는 사람도 있구나.' 생각하며 내 길을 나선다. 한때 세계적 열풍을 일으키던 싸이는 이런 마음으로 악플을 대처했다. "악플을 읽으며 창작 욕구를 활활 불태워요. 악플을 읽고 나면 이상하게 곡이 잘 써져요. 제 창작의 원동력이에요."

나 또한 비슷한 생각을 가지고 있다. 내가 가고 있는 길에 대해 무례하게 말을 하는 사람이나 "네가 그걸 한다고? 못 할걸?"이라는 말이나 나를 비꼬거나, 무시하거나, 비웃는 사람들을 보면 겉으로는 웃어넘기거나 좋게 반응해 주지만 무시할 때도 많고 증명의 욕구가 솟아오를 때도 있고 동기 부여가 되기도 하고 피가 끓기도 한다.

그러다 결국 결과로 보여 줬을 때 아무 말도 못 하는 사람을 보면 그거만큼 성취감이 오는 게 없다. 수없이 사소한 것부터 증명을 해 왔고 증명 하나 때문에 내 신념이 더 커지고 다듬어지며 강하게 만들었다. 그래서 나는 환영한다. 결국 내가 더 게으르지 않게 해 주는 원동력과 도파민이기 때문이다.

그렇게 내 신념을 만들고 나만의 길을 향하여 나의 신념이 완성되었다.

2부

용기

삶에 있어서 용기는 새로운 길을 만들어 준다.

한 번뿐인 짧은 인생,
용기 내서 도전해라

1부에서는 신념에 대한 이야기를 다뤘다. 신념이 나를 지탱하게 했다면 용기는 나를 앞으로 나아갈 수 있게 해 준다. 2부는 용기에 대한 이야기다. 인생에서 용기는 두려움을 없애는 것이 아니라 두려움을 안고도 나아가는 힘이다. 우리는 살아가면서 정말 많은 순간에 용기를 요구받는다. 도전이라는 문, 관계라는 문, 자신과의 싸움이라는 문이 나를 언제나 기다리고 있다. 그때마다 주저하지 않고 한 걸음 더 내딛고 그 문을 열어 나갈 용기가 필요하다.

용기는 두려움에 맞서 싸우고 새로운 기회를 창출해 나가는 과정이라고 생각한다. 대인 관계, 직업, 꿈, 도전 등 새로운 시작과 새로운 인연과 새로운 방향과 새로운 버킷 리스트에 도달하기 위한 밑거름이라고 생각한다. 세상에 대한 도전 앞에서 용기를 내는 것은 용맹한 것이다. 그래서 한 번뿐인 짧은 인생을 용기 내서 도전해야 한다.

우리의 인생은 너무나도 짧아서 당장에 길게 느껴지는 시간도 지나고 보면 짧게 느껴진다. 그래서 인생은 추억과 기록으로 가득 찬다. 좋은 추억이든 나쁜 추억이든 우리의 뇌 속에 기억으로 남는다. 과거도 현재도 미래도 지나고 보면 다 추억이다. 그리고 그 추억들을 잊어버리지 않기 위해 기록하고 간직하는 것이다. 그러니 기록하고 우리의 삶에서 추억을 쌓는 건 정말 중요하다. 죽기 전 떠올리는 기억 속에 좋은 추억이 없다는 것은 가장 큰 불행 중 하나이기 때문이다.

그리고 우리의 추억은 돌아갈 수 없기에 추억이고 되돌릴 수 없기에 미련이 쌓이기 마련이다. 살면서 과거의 이야기를 하지 않는 사람은 없다. 과거의 이야기를 들으면 대부분 "이때 진짜 좋았는데….", "이때 내가 이랬는데….", "이때였으면….", "이때는….'이라는 말로 과거 회상을 한다.

하지만 과거는 과거일 뿐이다. 우리에겐 미래가 늘 우리를 맞이할 준비를 하고 있다. 찬란하게 빛나던 과거도, 큰 목표를 이뤘던 과거도, 초라하고 무너졌던 과거도, 다 지난 일이다. 우리는 좀 더 현재에 집중해서 꾸준히 미래를 준비해야 한다. 즉, 어제를 후회하면서 우리의 인생을 낭비해서는 안 된다는 것이다. 후회되는 순간도 많고 돌이키고 싶은 순간도 많지만 어제의 문제를 안타까워하기보다 내일의 문제에 시간을 쓰는 것이 더 지혜로운 방법이다. 내일은 오늘을 후회하지 않을 인생을 살아 보자.

이런 마음을 먹고 글을 적는 나도 사실은 지나간 일에 대해 후회를 하는 편이다. 내가 한 행동이나 말, 업보 등 모든 지나간 건 되돌릴 수 없기 때문이다. 그중에서도 용기 내지 못해서 후회한 적이 많았다. 그래서 이 주제를 다루려고 했던 것이고 이 글을 읽은 당신이 나보다 더 용기를 가지고 미래를 향해 나아갔으면 하는 바람인 것이다.

나는 10대 땐 자기주장이 없었다. 그래서 항상 다른 의견을 따라가기 급급했고 눈치 보기 바빴다. 그래서 눈치 보느라 기회를 놓치기도 했고, 나보다 다른 사람을 먼저 생각해 스스로 희생한 적도 많다. 하지만 그 누구도 고마워하지 않았다. 고마워하지 않은 것은 상관없다. 그건 오히려 당연하다고 생각한다. 예수도 하루에 나병 환자 열 명을 치료해 줬지만 그중 단 한 명만 고마워했다. 내가 예수보다 더 고마움을 받아야 할 이유가 없다고 생각한다. 그래서 지금은 감사할 줄 모르는 사람에게 마음을 쓰진 않는다.

하지만 용기 내지 못해 나에게 주어진 기회에 뒤를 돌아선 나 자신은 후회를 했다. 지금 생각해 보면 뭐가 무섭고 두려워서 용기를 내지 못한 것일까 싶다.

그래서 나는 이젠 기회가 오면 주저하지 않고 용기를 내서 도전하는 삶을 살고 있다. 시작이 반이라는 아주 유명한 말이 있는 것처럼 일단 도전하고 싶은 것이 있으면 고민을 최대한 줄이고 시작을 했다.

20살의 난 해외 인턴으로 해외에 갈 수 있는 기회가 있었다. 하지만 그 당시에는 그곳에서 쌓을 좋은 경험들보다 혼자 해외에 나가서 2달 넘게 살고 오는 것에 대한 두려움과 겁이 났고 용기를 내지 못했었다. 하지만 22살이 되고 나에겐 한 번 더 해외 인턴의 기회가 생겼다. 나는 주저 없이 바로 해외로 나가 인턴 경험을 쌓았다. 낯선 나라에 비행기를 타고 도착했을 때 설레기도 하고 두렵기도 했지만 적응하고 지나고 보니 외국인 친구들도 만들고 많은 경험을 쌓고 와서 20살 때 용기를 내지 못한 것에 아쉬움이 있었다.

또한 이 책을 쓰는 것도 이전에는 책을 읽으면서 언젠가 '나도 책 한 권을 써 보고 싶다.'에서 '써야겠다.'라고 마음을 먹은 후 도전하기 시작했다. 큰 도전이고 어렵겠지만 나는 두렵지 않다. 결국엔 내가 해낼 것이라는 스스로에 대한 믿음이 있고 도전할 용기가 있고 뜨거운 의지가 있기 때문이다. 또한 나는 이루고 싶은 여러 버킷 리스트도 있고 직업에 대한 꿈도 있고 가정에 대한 꿈도 있으며 삶이 지루하지 않게 지속적인 꿈을 가지고 산다.

나는 이런 큰 목표들을 가끔 주변에 말을 하곤 한다. "내가 이루지 못하면 나는 말만 하는 사람이다." 이런 꼬리표를 달고 나아가야 나는 더 동기 부여가 되기 때문이다. 이렇게 주변에 말하고 나면 꼭 나를 의심하고 무시하는 사람들이 생긴다. 근데 정말 신기하게도 가진 자들은 무시하지 않고 나를 응원해 주고 나보다 없는 자들이 나를 무시하고 의심한다. 자신이 하지 못하니 나를 같은 바닥으로 끌어내리려고 발악하는 것처럼 보인다. 전 파트에서도 말했지만, 나는 이런 말로 인해 더 동기 부여가 생기고 더 나아간다. 신념이 없는 자에게는 걸림돌과 장애물이 될 수 있겠지만 깊은 신념을 가진 자에게는 오히려 더 동기 부여가 된다고 생각한다.

그렇다고 내 목표 전부를 모두에게 얘기하고 다니지는 않는다. 만약 이루지 못했을 시에 리스크가 너무나도 크다고 생각하기 때문이다. 또한 말이 아닌 행동이 먼저가 되어야 성공할 수 있다고 생각하기 때문이다. 그러니 용기 내서 도전을 하기 시작했다면 스스로를 의심하지 말아야 한다. 의심하지 않고 생각을 줄이고 뚜렷한 목표를 잡고 나아가면 당신을 의심한 자들은 입을 다물 것이고 당신을 응원한 자들은 당신의 힘이 되어 줄 것이다. 실패는 성공을 위한 경험이고 그 경험이 쌓이면 더 값진 성공과 큰 성공을 거둘 것이다.

『미움받을 용기』라는 유명한 책을 알 것이다. 나는 그 용기가 부족했었다. 모두에게 사랑받을 수 있고 모두와 친하게 지낼 수 있고 모두에게 호감을 얻을 수 있을 것이라고 생각했었다. 하지만 내 뜻대로 되지 않고 내가 좋게 생각하는 사람들에게 미움을 받으니 상실감을 느꼈고, 정신적으로 무너졌고, 정신이 무너지니 모든 것이 무너지는 것만 같은 느낌을 받았었다. 그래서 한때 나답게 살지 못했던 기억도 있다. 하지만 그 과정을 여러 번 겪고 나니 이젠 덤덤해졌고 흐르는 강물처럼, 흘러가는 바람처럼, 해가 지면 달이 뜨고 달이 지면 해가 뜨는 것처럼 자연의 순리로 받아들인다. 지나간 인연은 지나갈 운명이었고 남은 인연은 남을 운명이었다고 생각하며 나는 그 정도 그릇이었다고 받아들인다. 미움받을 용기도 생기고 모든 것을 받아들일 용기도 생긴 것이다. 그렇게 용기를 가지니 스스로 진정한 행복을 찾았고 지금은 나답게 살면서 행복하게 사는 중이다.

나는 10대 시절 처음으로 정말 친한 친구들을 잃었었다. 갈등이 얽히고설키며, 첫 단추가 잘못 끼워지니, 돌이킬 수 없게 되었다. 친구들은 나를 떠나갔고 나는 정신적으로 너무 힘들었다. 그래서 잘못된 생각을 하기도 했다. 그 당시 나는 어렸고, 내가 믿었던 사람들이 떠나가고, 우뚝 서지 못했으며 정말 암흑기를 보냈다. 그래서 나는 내가 아는 친한 형에게 전화를 해 이러이러한 이야기들을 했다. 듣고 나서 형은 나에게 이런 말을 해 줬다. "너 지금 너무 감정적이다. 지금 너무 정신적으로 무너져서 좀 더 너의 시간을 가졌으면 좋겠다. 그리고 남은 사람들 생각해라. 그 친구들 떠나갔다고 인생 끝난 거 아니잖아. 남은 사람 생각하고, 너 이루고 싶은 꿈들 생각하면서 훌훌 털고 다시 일어나라. 너 지금 얼마나 힘든지 형이 진짜 누구보다 잘 알고 있다. 근데 버텨야 된다. 진짜 버텨야 된다." 지금 생각해도 이 형 덕분에 나는 다시 일어설 수 있었다.

그 당시 나는 마치 가면무도회에서 가면을 벗고 참석을 했다는 생각이 들었다. 그리고 껍데기 속 내면을 들춰 보지 못한 채, 나의 내면을 드러내는 과정을 겪으니 비로소 진정한 나를 찾았다. 또한 진정으로 나를 믿는 사람, 좋아해 주는 사람, 떠나갈 사람, 싫어하는 사람 등이 명확하진 않더라도 보이기 시작했다.

당시 사람들을 잃은 것에 대해 많은 상실감과 후회가 쌓였고 정신이 무너졌으며 나를 계속 밀어붙였었는데 그 과거를 후회하진 않는다. 오히려 그런 경험과 시간들이 있어서 지금의 내가 홀로 우뚝 서는 법과 눈치 보지 않고 자유롭게 살아가는 법을 배웠기 때문이다. 스스로 나의 방침에 따라 살고 있다는 증표가 새겨져 깨달음을 바탕으로 용기를 가질 수 있게 되어 그 힘든 시간은 다 미화도 었다.

그러니 인간관계에 너무 힘쓰지 말았으면 좋겠다. 결국 맞는 사람은 남게 되어 있고 맞지 않는 사람은 아무리 노력해도 떠나가 버리기 때문이다. 떠나간다고 너무 미워하지 말고 증오하지 말고 남은 사람들을 생각하면서 떠나보내는 게 특히 정신 건강에 좋다. 이렇게 관계에 대해서도 용기를 가지고 후회 없이 우뚝 서서 나아가길 바란다.

우리 인생에서는 총 3번의 기회가 주어진다고 말을 한다. 포기할 수 있는 기회, 진정한 인연을 만날 기회, 실패 후 재도전의 기회. 이런 기회가 온다고 느꼈을 때 꼭 용기를 내서 잡길 바란다. 그게 우리의 인생을 뒤바꿀 수도 있는, 어쩌면 다신 오지 않을 기회일 수도 있으니 말이다. 그 기회가 왔을 때 독한 마음을 먹고 나를 바꾸기 위해 최선을 다해라. 인생의 기회에선 타이밍과 용기가 굉장히 중요하다고 생각한다. 자신에게 온 타이밍을 인지하고 용기 내서 그 찾아온 기회를 잡는다면, 반 이상은 성공한 것이다. 우리는 이 세상에 있는 한 개인이 세상을 바꿀 순 없다. 의견은 낼 수 있으나 스스로 세상의 변화를 바라며 세상이 문제라고 할 순 없다는 것이다. 세상이 불공평하다고 말하면 그건 스스로를 피해자로 만드는 것이다. 그러니 핑계 대기 전에 준비부터 해야 한다.

나는 내 기준, 아직 그 어떠한 기회도 오지 않았다고 생각한다. 그래서 나는 항상 기회를 찾고 기회가 왔을 때 바로 잡을 수 있게 나를 만들어 나가고 준비하고 있다. 이 짧은 인생, 내가 원하는 삶을 살아야 한다고 생각한다. 그래서 나는 두려움을 안고 용기를 내서 지금 이 순간에도 나아가고 도전하고 있다.

지금 내가 말하는 용기 내서 도전하라는 것이 무조건 크고 창대한 목표가 아니어도 된다. 아주 사소한 것부터, 어쩌면 남들에게는 당연한 것들부터 도전해 보며 시작하는 것이다. 그렇게 도전하면서 시간을 아끼며 살아간다면 변할 수 있을 것이다.

망설일 시간에 움직여라

우리의 인생은 무척 짧다. 그래서 자신에게 주어진 기회가 제 발로 찾아와도 찾아온 줄 모르고 그냥 지나쳐 버리는 경우가 많다. 아니면 찾아온 기회에 용기를 내지 못하거나 뜸 들이고 망설이기도 한다. 망설이지 마라. 망설이지 말고 고민하지 말고 주춤하지 말고 나아가고 움직여라. 움직이지 않고 생각만 한다면 고민과 망설임에 휩싸이게 될 것이고, 움직이다 보면 방법이 생각나고 현재 진행형으로 바뀔 것이다. 또한 나에게 내재된 힘은 무엇인지 알게 되고 자기가 무엇을 할 수 있는지, 본인만 알 수 있는 나라는 존재를 알게 될 것이다.

그리고 진행하는 과정에서 배움의 연속을 겪고 배우는 과정에서 이런 확신이 드는 순간이 있을 것이다. '아, 이건 내 길이다. 뭔가가 보인다. 이건 내가 확실하게 할 거 같다. 이거다.' 살면서 이걸 찾는다면 인생에서 다시는 찾아오지 않는 마지막 기회일 수도 있다. 망설이지 말고 용기 내서 잡아라. 그리고 목표를 정하고 미래를 설계하며 스스로에 대한 확신을 가지게 되면 두려움은 어느 순간 바람처럼 날아가고 망설임 없이 용기를 낼 수 있다.

2020년 한창 코로나19가 기승을 부리던 시절, 17살 때의 이야기다. 우리는 코로나19 때문에 단체 운동도 할 수가 없었고 2020년 초반기에는 집에서 각자 운동하고 코치님이 만든 밴드에 자신이 운동한 동영상을 올리는 식으로 운동을 했다. 그러다 8월에 첫 대회가 열리고 11월에 대회가 하나 더 있었다. 나는 8월 시합은 주전에서 밀려서 뛰지 못했고 11월에는 대회 참가 멤버가 다 짜인 상황에서 한 자리만 남은 상황이었다. 코치님은 우리를 다 집합시켜서 대회에 정말 나가고 싶은 사람은 손을 들으라고 하셨다. 나는 망설이다가 손을 들지 못했고 다른 손을 든 사람들은 코치님이 노트에 적고 감독님과 상의를 하러 가셨다.

나는 망설이다 용기 내지 못한 나 자신에 대해 후회를 했다. 그리고 그 중 나와 친한 형은 나에게 왜 너 손 안 들었냐고 하면서 혼을 냈다. 나는 그냥 멍해 있었다. 그러자 형이 나에게 "너 시합 뛰기 싫냐? 정신 어디에다 두고 있는 거냐? 하나라도 시합 더 뛰어서 경험 쌓아야 되지 않냐?"라고 말을 했고, 또 "너 지금이라도 코치님 찾아가서 시합 정말 뛰고 싶다고 말해라."라고 했다. 그리고 나와 주전 싸움에서 이겨 8월에 시합을 나가 1등을 한 친구는 옆에서 나에게 "기회가 왔으면 바로 잡아야 해."라고 말해 줬다. 나는 그 말을 듣고 망설임 없이 코치님에게 찾아가서 정말 간절한 마음으로 "코치님, 저 이번 대회 정말 뛰고 싶습니다."라고 말했고 코치님은 나에게 "너 그럼 아까 손 왜 안 들었냐?"라고 말씀하셨다. 나는 그 자리에서 "망설이다가 손을 들지 못한 거 같습니다. 근데 시합 정말 뛰고 싶습니다."라고 말을 했고 코치님은 알겠다고 하셨고 내 이름도 시합 뛰고 싶은 사람 명단에 적으셨다.

하지만 코로나19가 더 심해진 탓에 시합은 열리지 않았고 나는 후에 이야기를 들었는데 코치님은 나에게 그때 시합은 네가 나가는 거였다고, 손을 든 사람들 중 네가 뽑혔다고 하셨다. 시합 뛰는 인원 마지막 명단에는 내 이름이 적혀 있었고 대진표에도 내 이름이 있었다. 나는 그날 이후로 "기회가 오면 바로 잡아야 한다."라는 말을 확실하게 깨달았다. 시합이 열리지 않았더라도 만약 내가 용기 내지 않았다면 나는 기회조차 없었을 것이다. 그러니 망설이고 주춤하고 고민하지 말아야 한다.

할까, 말까. 갈까, 말까. 살까, 말까. 이런 고민들에 대해서도 망설일 때가 많다. 나 또한 일상적인 부분에서 고민을 굉장히 많이 하며 특히 물건을 구매할 때 선택 장애가 올 정도로 쉽사리 고르질 못한다. 저 부분에 대해서는 정답이 없다고 생각한다. 앞에 무슨 단어가 붙느냐에 따라 주관적으로 평가하고 객관적인 평가를 듣고 실행하는 편이 더 좋은 방법이라고 생각한다. 우리는 스스로 옳고 그름을 판단할 수 있기 때문이다.

망설이다 보면 제자리에 있을 뿐이다. 하지만 망설이지 않고 움직인다면 뒤로 가든 앞으로 가든 나아간다. 뒤로도 가면 좀 어떻나. 도전하지 않고 제자리에 있는 자들보다 더 용기 있고, 일단 도전했다는 데 의미가 있으며, 그 뒤로 간 실패가 나의 스프링이 되어 더 빠르고 높게 앞으로 튀어 나갈 수 있는 발판이 될 수도 있다.

2보 전진을 위한 1보 후퇴라는 말을 많이 들어 봤을 것이다. 때로는 망설이며 1보 후퇴하거나 용기 내서 도전한 결과가 실패로 이어져 1보 후퇴해도 움직여라. 나아가라. 세상이 위에서 나를 누른다면 스프링처럼 더 높게 뛰어올라라. 뭘 하든 가만히 고민만 하고 제자리에 있는 자들보다 더 좋은 결과를 낳을 것이다.

인간의 본성 중에서 가장 비극적이라고 생각이 드는 것은 인간에게 삶을 미루려는 경향이 있다는 것이다. 당설이고 고민하고 미루고 미루다 할 일이 산더미처럼 쌓이고 난 후에 '아, 그냥 그때 할걸.'이라는 한심한 생각을 한다. 그런 후회가 쌓여 악순환의 반복이 되고 그 늪에서 빠져나오지 못한다면 시간만 허비할 것이다.

그렇다고 매일 자신의 건강을 챙기지 못하면서 바쁘게 나아가라는 것이 아니다. 각자의 길에서 이루고 싶고 도전하고 싶은 것들을 꾸준히 하되 처음부터 무리하지 말고 조금씩 조금씩 양을 늘려 가는 게 중요하다. 또한 조급한 마음에 한 번에 여러 가지를 하려고 하는 것보다 하나씩 집중해서 하는 것이 더 좋은 길이라고 생각한다.

대나무의 지혜라는 말이 있다. 대나무는 올곧게 자란 후 매듭을 만들고, 올곧은 방향으로 자란 후 매듭을 짓는다. 우리는 이걸 삶에 적용해서 준비와 시간, 축적의 법칙을 배워 나가야 한다. 대나무는 처음부터 빠르게 성장하지 않는다. 처음 5년 동안 뿌리망을 확장하며 기반을 다진 후 그 이후에는 폭발적으로 자라난다. 그러니 우리도 처음부터 잘하려고 조급해할 필요가 없다. 기초부터 탄탄히 꾸준하게 연습을 하고 준비를 하는 것이다. 그렇게 쌓은 자신의 시간은 어느 순간 큰 성장과 성공으로 나를 인도할 것이다. 그러니 망설이지 말고 조급해하지 말고 천천히, 대신 꾸준히 하다 보면 나아질 것이다.

과거에 나는 머릿속으로 해야겠다고 마음먹은 것들을 항상 생각만 하고 실천은 하지 않았다. 용기 내서 도전하는 거 자체를 귀찮게 느꼈고 망설이고 리스크가 두려워 움직이지 않았다. 실패했을 때 쪽팔리고 절망을 느끼는 것은 일시적이다. 하지만 나는 실패하면 모든 걸 잃을까 봐 도전에 용기 내지 못했었다.

이것도 고등학교 1학년 때 이야기다. 우리는 아침에 등교하면 체육관을 청소하고 코치님이 반에 들어가기 전 10분씩 독서를 하게 하였다. 나는 정말 그 시간이 너무나도 싫었다. 운동하는 거 자체도 피로가 엄청 심한데 책까지 읽게 하니 나뿐만 아니라 대부분 아침 독서에 대한 불만을 가졌다. 그리고 토요일 오전 운동이 끝나면 영어 공부를 시키고 단어 시험을 보고 틀리면 오답 노트를 적게 했다. 그 시간 또한 대부분 굉장히 싫어했다. 그 당시에는 '우리가 책 읽어서 뭐 해? 영어 단어 외워서 뭐 해?'라는 어리석은 생각만 가졌었다.

하지만 고등학교 1학년 겨울이 되고 나서 코치님은 다른 곳으로 떠나게 되셨다. 그리고 시간이 지나 코치님이 왜 우리에게 독서를 시키셨고 영어 공부를 시키셨는지 깨닫게 되었고 그 당시 불만을 가지던 내가 미웠고 한심했다. 코치님이 우리를 운동 이외에 얼마나 아끼셨는지 알고 나니 나는 그 코치님을 매우 존경하게 되었다. 그래서 2학년이 되고 이젠 내가 스스로 해야겠다는 생각을 했다. 하지만 망설이고 생각만 하다가 1년이 지났다.

나는 3학년이 되어서야 독서를 하고 또 2년이 지나 20살이 되어서야 영어 공부를 시작했다. 그렇게 시간이 지나고 나서 나는 무척 후회했다. 왜 진작에 시작하지 않았을까? 왜 이제야 용기를 냈을까? 그래서 난 남들보다 늦게 시작한 만큼 그 격차를 따라잡기 위해 더 많이 읽고 더 많이 공부를 했다. 나와 같이 운동한 선수 대들고 비교하지 않고 공부하는 학생들과 비교를 하며 노력해서 그들의 칼끝이라도 따라가 보자는 마음으로 수업에 집중을 하고 노트에 필기를 하며 공부에도 발을 담그기 시작했다. 그 후엔 '지금이라도 망설이지 않고 시작해서 다행이고, 앞으론 망설이다 후회하지 않기 위해 용기를 내야겠다.'라고 확실하게 마음을 먹었다.

만약 내가 계속 망설였다면 어떻게 됐을까? 아마 달라진 건 없었을 것이다. 망설이지 않고 0부터 달려왔기에 달라질 수 있었고 훨씬 더 나아질 수 있었다. 망설이다 놓친 찬스들은 당신을 평생 후회하게 만들 수도 있다. 그러니 망설이지 마라.

내가 10년간 해 왔던 걸 포기하고 20살 때 새 삶을 시작한 건 운동선수의 삶의 끝과 새 시작이었다. 그래서 불안하고, 초조해서 나를 더 밀어붙이며 알바하고 공부하고 운동을 했던 것이다. 내가 기존에 바라보던 세상에서 일단 시야를 넓혀서 다양한 것을 겪고 다양한 것을 알아 가야겠다고 생각했기 때문이다. 운동을 그만둔 이유는 체중 감량, 진로 변경, 부상 등이 큰 이유였고 운동을 그만두고 사회로 던져진 내가 처음 깨달은 것은 자유가 아닌 책임감과 두려움이었다.

그 당시 나에게 용기가 없고 망설임만 있었다면 나는 세상에 대한 벽의 절망감만 느꼈을 것이다. 망설이는 나를 마주하고 나서야 알게 되었다. 행동 없는 생각은 정말 아무 의미 없다는 것을. 그래서 난 더 이상 망설이지 않고 도전 앞에 따라오는 두려움을 항상 품고 용기 내서 내 목표로 나아가고 있다. 더 이상 남 눈치도 보지 않는다. 남 눈치를 봤다면 지금 이 책도 쓰지 못했을 것이다. 남 눈치 보며 내가 하고 싶은 것을 하지 못하고 산다면 그건 나의 인생이 아니다. 그렇게 겪어 오고 느껴 오니 이제 남은 건 망설임 없는 용기뿐이다.

이렇게 후회하기 전에 먼저 용기 내서 도전해 봐라. 그리고 너의 경험과 지식을 쌓아 가라. 경험과 지식 앞에선 세상이 두렵지 않다. 그리고 용기를 내 보자. 결국 용기란, 망설이는 찰나에 스스로 손을 먼저 잡아주고 나아가는 힘이다.

처음은 누구에게나 낯설다

살아가면서 처음부터 굉장히 능숙하고 숙련도 있게 잘하는 사람은 없다. 그저 반복하고 도전하고 용기 내고 매번 실천함으로써 자신만의 노하우가 쌓이고 시간이 쌓여 잘하게 되는 것이다. 10,000시간의 법칙이란 말이 있다. 어떤 한 분야에 10,000시간을 투자하면 그 분야의 마스터가 될 수 있다고 한다. 자신이 잘하고 싶고 이루고 싶은 것에 10,000시간을 투자한다면 그 분야의 모든 것을 통달할 수 있다는 뜻이다. 하루에 3시간, 일주일에 20시간씩 10년간 연습을 하는 것이다. 그만큼 원하는 분야나 일을 잘하기 위해선 엄청난 시간과 노력과 반복적인 학습을 쏟아야 한다. 그리고 몰입해야 한다.

하지만 3시간을 6시간으로, 6시간을 12시간으로 늘려 그 분야에 긴 시간과 노력을 쏟아 낸다면 10년에서 5년, 5년에서 2년 6개월로 시간을 당길 수 있다. 이렇게 시간을 당겨쓰면서 나에게 더 집중을 한다면 처음에는 낯설지만 몇 년 후에는 그 일의 모든 것을 할 수 있을 것이다. 그러기 위해선 그 일에 미치고 그 일에 진정한 재미를 느껴야 한다.

내가 처음 한국사 공부를 할 때 전한길 선생님의 강의를 보다 "미쳐야 미친다."라는 말을 듣게 되었다. 그 말이 나에게 큰 자극을 주었고 나는 내가 하는 것에 미치기 위해 노력을 했었다. 정말 미쳐야 미친다. 그리고 미쳐야 그 안에서 재미와 성취를 찾을 수 있다. 하지만 무조건 10,000시간의 법칙이 옳다는 것도 아니고 미쳐야 미친다는 말이 옳다는 것도 아니다. 그것보다 내가 말해 주고 싶은 더 본질적인 것은 한 분야에 시간을 쏟아 보고 그것이 나에게 잘 맞는지 아닌지 스스로 판단하여 나에게 잘 맞는 길이면 노력도 하고 미쳐 보기도 하고 나에게 잘 맞지 않는다면 과감히 포기할 줄도 알아야 하는 것이 더 중요하다고 생각한다.

노력한다고 모두가 성공하는 것은 아니다. 하지만 성공한 사람 중에 노력하지 않은 사람은 없다.

그리고 노력만으로 성공의 길이 열리는 것은 아니고 재능도 함께 공존해야 성공을 할 수 있다고 생각한다. 그러니 맞지 않으면 과감히 포기할 용기도 있어야 한다는 것이고 나에게 맞는다면 정말 많은 시간을 쏟아 보라는 말이다. 재능 없는 노력과 노력 없는 재능은 언젠가 벽에 부딪히기 마련이다. 그러니 젊은 나이라면, 정말 성공하고 싶다면, 더더욱 자신의 강점과 단점에 대해 알아 가고 전공과 미래에 대한 깊은 고민도 해 보며, 무언가에 정말 미쳐 보기도 하고, 많이 보고, 듣고, 겪고, 느껴 봐야 한다.

어떤 일이든 쉬운 길은 없다. 쉬운 길을 선택하려고 어려운 것을 피해 다닌다면 그 피해 다닌 어려운 길보다 더 어려운 길로 빠지게 될 것이다. 도망친 곳에 낙원은 없는 것처럼.

우리는 모두 인생 1회차이다. 그리고 우리가 태어나기 훨씬 전부터 무서운 속도로 성장하여 만들어진 세상 속에 우리가 태어난 것이다. 그러니 우리는 당연히 처음이라 낯설고, 낯가리고, 낯간지럽다. 모든 사람이 마찬가지다. 그러니 우리는 좀 더 자신감을 가지고 용기를 내서 도전해 봐야 한다. 그 도전이 자신에게 큰 경험이 되고, 실패로 인해 밑거름을 쌓아 가며, 성공이 되고, 추억으로도 남을 수 있기 때문이다. 순간의 일시적인 고통과 두려움 때문에 기회를 잃지 마라.

순간의 두려움과 고통 때문에 기회를 놓쳐 후회하게 된다면 우리는 후회하는 현재의 시간도 잃어 가고 과거의 시간도 잃는다. 그럼 우리의 시간과 인생은 점점 뒤로 밀리게 되어 있다. 밀린 시간은 우리의 인생을 더 늦게 시작하게 만든다.

우리 인간이 가진 큰 장점 중 하나는 적응의 동물이라는 것이다. 환경이 어떻든 우리 인간은 시간이 지나면 자연스럽게 그 환경에 맞게 적응하게 된다. 당연히 처음엔 낯설고 긴장되고 두렵고 떨리고 설레기도 하고 경직되기도 하지만 시간이 지나면 긴장은 풀리고 두려움은 사라지고 설렘은 익숙해져 생소하게 여겼던 것이 당연하게 되어 버린다.

그래서 우리는 적응으로 인해 도파민을 얻으면 더 많은 도파민을 원하고, 부를 가지면 더 많은 부를 가지고 싶어 하고, 자리를 얻으면 더 높은 곳을 바라보고, 적응으로 삶이 망가지고, 적응으로 삶이 점점 성장해 가며, 적응으로 고통에 무뎌지고 강해지며, 적응 때문에 방심하기도 한다. 그래서 적응한다는 건 어쩌면 되게 무서운 것이다. 적응으로 인해 의미부여가 되는 것이 세상에 너무나도 많다. 그래서 우리는 적응에 대한 컨트롤이 필요하고 낯선 것에 용기 낼 가치와 힘이 있는 생물이다.

누구에게나 낯설고 어색한 건 있다. 첫 만남의 어색함, 사람 많은 곳을 싫어하는 극내향형의 사람이 사람 많은 유명 관광지에 갔을 때의 낯섦, 지금까지 경험한 적 없는 새로운 일, 경험, 여행 등 살면서 어쩌면 당연히 겪는 낯설고 어색한 게 있을 것이다.

나 또한 처음 대면하는 사람 앞에서는 입을 떼기 어려웠었고, 무슨 말을 꺼내야 할지 모르겠고, 불편한 가시방석 같은 자리도 많았었다. 하지만 이런 일이 계속 생기다 보니 굳이 입을 떼려고 노력하지도 않고, 그렇다고 말을 안 하려고 하지도 않고 자연스럽게 흘러가는 대로 상황에 따라 어떻게 대처하고 어떻게 첫 이야기를 이어 나갈지 스스로 깨달았다. 그냥 나는 내가 생각하는 내 모습 그대로 솔직하게 보여 주는 방법을 선택했다.

이 책에 적은 그대로의 내 모습을 보여 주고 다른 사람이 어떻게 생각하든 신경 쓰지 않고 그 상황에만 집중하려고 했다. 나는 나에게 주어진 상황에만 집중하는 방법으로 낯가림과 어색함을 없애 버렸다. 내가 처음 본 사람과 대화를 하는 상황이면 그 사람과의 대화에만 집중을 하는 것이다.

그 사람의 말투, 표정. 행동, 말의 의도, 시선, 자세 등 오로지 상대방에게만 집중을 하니 어느 순간 낯섦과 어색함은 사라진 것이다. 그렇다고 너무 뚫어져라 상대를 쳐다봐 부담을 주는 게 아닌 시선 처리도 하고 상대방 말에 미믹법을 사용하고 진심으로 들어 주고, 공감해 주고, 경청해 주고, 붙임성 있게 대화를 이어 나가며 상대방이 어떤 성향이고 어떤 가치관과 신념을 가지고 있는지 생각을 하는 것이다. 나는 처음 보는 사람을 대할 때 생기는 낯선 감정을 이런 식으로 없앴다.

낯선 환경도 마찬가지다. 초등학교 때부터 운동선수 생활을 한 나는 중·고등학교 시절 전학을 갔을 때, 대학교로 올라갈 때도 운동 시설의 환경, 새로운 선배, 동기, 코치님, 감독님, 교수님이 바뀌고 환경이 바뀌니 오는 첫날의 긴장감도 전부 낯설었고 무섭기도 했었지만 시간이 지나니 자연스럽게 적응이 되어 있었다.

또한 10살 때부터 한 운동선수 생활을 20살 때 그만두고 나서 모든 것이 낯설었다. 지금껏 살아온 외길 인생에서 벗어나 새로운 틀을 깨야만 하는 상황이었다. 지금까지 내가 본 세상과는 다른 세상이었고 내가 한 분야에서만 좁고 깊게 파고들었다 보니 20살 이후 내가 본 세상은 정말 넓고 벽이 느껴졌었다. 하지만 걱정을 뒤로한 채 방법을 생각하고 낯선 것에 도전하고 나아가다 보니 마치 모래시계에 쌓이는 모래처럼 내가 하는 것들에 대한 지식과 노력과 노하우가 쌓여 갔다.

결국 적응이라는 무기로 우리는 어디서든 잘 어울려 살아갈 수 있다. 그리고 누구와 어울리고 어디서 어울리냐에 따라 우리 인생은 180도로 변하기도 한다. 좋은 것만 보고 어울리는 게 정말 중요하다.

그리고 무언가를 처음 시작할 때 낯설고 잘 안되는 건 당연하다. 하지만 그렇다고 바로 포기하거나 자책하고 무너지면 안 된다. 자신이 시작한 이유를 생각하고 목표를 생각하고 반복적으로 학습을 해야 한다. 처음 시작은 떨어질 곳이 없다. 올라갈 곳만 있다. 그러니 두려워할 필요가 없다. 마치 사두용미와도 같은 것이다.

지금 당장 하는 것들이 낯설고 어색하고 불편할 수도 있겠지만, 반복된 날들이 쌓여 간다면 익숙하고 편해지는 날들이 올 것이다. 문제는 그걸 참고 이겨 내느냐, 포기해 버리느냐. 이것은 본인에게 달려 있다.

실패는 나를 죽일 수 없다

살아가면서 누구나 실패를 겪어 본다. 실패는 정말 쓰고 나를 비참하게 만들며 모든 걸 잃은 느낌을 받기도 한다. 그러나 실패는 우리의 인생에 당연하게 안착되어 있고 우리가 밖에 나가기 위해 옷을 입는 것처럼 무언가에 도전을 한 순간 실패는 따라온다. 하지만 성공도 따라온다. 실패와 성공은 정반대의 단어지만 우리 삶에 공존한다. 그러니 실패했다고 절대 좌절할 필요도 없고 실패는 우리에게 경험을 가져다주고 우리에게 새로운 도전을 가져다준다.

실패를 통해 스스로 느껴야 한다. 자신의 가능성을, 자신의 성장 포텐셜을, 자신의 능력을. 결국 생각하기 나름이다. 누구는 실패가 좌절과 포기로 이어질 수도 있겠지만, 누구는 실패를 또 다른 도전으로 이어 간다. 그리고 지나간 과거는 잊어야 한다. 실패와 실수와 좌절은 경험으로만 간직하고 훌훌 털어 버리고 잊고 다시 나아가야 한다. 실패는 나를 가두는 감옥이 아니라, 배우고 경험하고 다음 단계를 위한 하나의 수업일 뿐이다. 미련과 후회가 남아도 잊고 오늘과 내일에 집중해서 나아가야 한다. 인간은 결코 쉽게 죽지 않는다. 그리고 우리는 발전하고 성장하는 생물이다.

20살 시절에 나는 전문스포츠지도사 자격증을 따기 위해 열심히 공부를 하고 있었다. 학교 친구들도 같은 자격증 시험을 준비 중이었고, 나는 수업이 끝나고 운동을 하고 저녁에 시간 내서 매일 틈틈이 적지 않은 시간 동안 공부를 병행했다. 나는 준비 기간 동안 같은 시간, 같은 장소에서 펜을 잡고 노트를 하며 열심히 공부를 했었다. 3일에 한 번씩 내가 공부했던 파트를 스스로 시험을 보기도 했다. 5가지의 과목에서 20문항씩 한 과목당 100점이 만점이고 총 300점을 넘기면 필기 합격이었다. 나는 처음엔 그 커트라인을 넘기지 못했지간 지속적으로 공부를 하고 노력 끝에 커트라인을 여유롭게 넘겼었다.

시간이 지나 필기시험 접수 기간이 다가왔다. 나는 로그인을 하고 시험 응시 비용만 남긴 채 시험 접수를 했다. 그 당시 나는 내가 응시 비용까지 내고 접수를 완료한 줄 알았다. 그런데 시험 접수 마감일에 갑자기 싸한 느낌을 받고 내 머리에서는 식은땀이 흘렀다. 내가 응시 비용을 내지 않은 것 같은 느낌을 받았기 때문이다. 그때 시간은 저녁 9시 30분이었고 나는 허겁지겁 내 폰을 켜고 다급한 손과 마음으로 바로 확인에 들어갔고 내 직감이 맞았다. 응시 비용을 내지 않은 채 접수만 했던 것이다. 자연스럽게 내 시험 신청은 취소가 되어 있었고 나는 그 순간 얼굴이 빨개지며 식은땀이 났다. 나는 더 다급하게 시험 신청 기간을 확인하였고 기간은 당일 저녁 6시까지로 이미 신청 기간은 지나 있었다.

나는 그 순간 내가 지금까지 공부했던 것과 노력했던 것이 주마등처럼 스쳐 지나가면서 그 시간이 수포로 돌아갔다는 것에 좌절하고 접수를 제대로 다 하지 않은 것에 대해 스스로 한심하고 무지하다고 생각하며 자책을 했었다.

시간이 지나도 후회를 반복하였다. 하지만 이 실패에 대해 후회하고 자책해 봤자 달라지는 건 없고 오히려 이 시간에 갇혀 다음으로 나아갈 수 없다고 생각했고 나는 바로 다음 공부에 들어갔다.

이 실패는 내가 삶을 살아가는 데 있어 방심하지 않게 하였다. 결국 이 경험을 바탕으로 나는 더 준비를 확실하게 하게 되었고 철저하게 마무리하는 습관을 가졌다. 그 경험을 바탕으로 여러 도전에 확실하게 확인하고 확실하게 완료하는 습관을 가지기 시작한 것이다. 다시는 그러지 않기 위해서다.

여러분도 한 번쯤은 방심을 해서 후회가 남는 순간이 있을 것이다. 하지만 한 번의 실패가 우리를 죽일 수는 없다. 다음이 있고 우리에겐 재도전의 기회가 있기 때문이다. 그러니 어깨 펴고 당당하게 다음을 위해 더 철저히 준비하고 나아가야 한다.

한 번의 실패와 실수가 나를 실패자로 이끌어 가지 않는다. 오히려 기존의 실수를 상기시켜 주고 반복하지 않게 해 주는 경험이 된다. 그러니 한 번의 실패로 나를 깎아내리지 말자.

우리는 실패를 두려워할 필요가 없다. 실패를 두려워한 상태로 도전을 하면 자신의 기량을 100% 다 발휘할 수 없다. 그러니 두려워하지 마라. 자신의 연습량과 능력과 노력을 스스로 알아주고 믿음을 가지고 도전한다면 두려움은 사라지고 오로지 그것에 집중하고 있는 나를 발견하게 될 것이다. 그렇게 나를 알게 된 과정에서 나에 대한 믿음이 쌓이고 그 집중 속에서 실시간으로 성장하고 있는 나를 발견하게 될 것이다. 결과가 성공으로 이어지지 않더라도 그 한 번의 실패와 경험이 나를 성장시키고 스스로 다음번엔 성공할 거 같다는 확신이 들 때가 있다.

나 또한 이런 경험이 있다. 이건 2022년 고등학교 3학년 때 일이다.

2022년이 되고 코로나19가 많이 잠잠해져 그동안 열리지 않았던 시합이 다 정상적으로 열리기 시작했다. 그래서 2022년 초부터 시합에 많이 나가게 되었는데 그 당시 대학에 대한 압박감과 성적에 대한 압박감 때문에 시합을 두려워했다. 늘 하던 체중 관리도 평소보다 잘 하지 못했고 계체 후 회복도 제대로 하지 못하며 너무 많은 긴장과 압박감이 나의 성적을 부진하게 만들었다.

초반기에 성적을 제대로 내지 못하였고 그로 인해 스스로를 믿지 못하게 되었다. 그래서 다 때려치우고 싶었고 스트레스도 많이 받았었다. 하지만 결국 해내야 한다는 독한 마음이 나를 계속 움직이게 하였고 더 많은 훈련을 하고 그 과정에서 나를 믿고 가니 점점 시합 성적은 좋아지고 결국 대학이 정해졌다. 시합에서 좋은 성적을 거두기 직전 준비 기간 때, 나는 내가 실시간으로 성장하고 있다는 느낌을 받았고 그 느낌이 좋은 결과로 이어졌다. 나는 그 후에도 내 삶에서 그 기분을 몇 번 느꼈고 잊지 않으려고 노력한다.

그러니 우리는 실패를 통해 다시 일어설 수 있는 회복력과 희망을 가질 필요가 있다. 지속적으로 대회에서 부진한 나는 멘탈도 정신도 몸도 망가졌었지만 그 안에서 희망의 끈을 놓지는 않았다. 그래서 다시 회복할 수 있었고 그 회복하는 과정에서는 독서가 있었고 훈련량이 있었다.

하면 된다. 능력을 믿고 스스로 하면 된다. 초등학교 시절 선생님이 나에게 해 주신 말씀이 있다. "지금 잠을 자면 꿈을 꾸지만 지금 하면 그 꿈을 이룰 수 있다." 용기 내기 전에 도전하기 전에 생각이 너무 많아진다면 생각을 좀 줄이고 도전하는 것도 좋은 방법이라고 생각한다.

아무리 피하려고 해도 언젠가 찾아오는 게 실패이다. 성공 사례들이 스스로에게 희망을 주고 용기를 주지만 환상이 생길 수도 있다. 도전하고 부딪히는 과정 속에서 실패에 대해 더 공부하고 분석하여 왜 실패하였는지의 대해 더 궁금증을 가져야 한다. 그래야 스스로를 더 알게 되고 똑같은 실패를 반복하지 않는다.

세계에서 가장 유명한 부자 중 한 명인 일론 머스크도 스페이스X 로켓 발사에 무려 7번이나 실패를 했다. 그는 하루 20시간을 일한 적도 있고 자신의 도전과 호기심과 목표를 위해 스탠퍼드대학교를 포기하고 창업의 길로 들어서기도 했으며, 잠도 회사에서 자고 오로지 자기 일에만 꾸준히 몰두했다. 그가 처음 우리 인류를 화성에 보내겠다고 했을 때 대부분 그를 비웃었고 그게 가능할 리 있겠냐며 무시를 했었다. 하지만 지금 그의 로켓은 완벽하게 발사하고 완벽하게 역추진해서 착륙을 한다. 그는 예전부터 남다른 지식을 갖고 있었고, 생각의 발상이 달랐고 호기심, 총명함, 비범함이 남들과 달랐다. 그가 로켓 발사에 실패했을 때, 그리고 그의 우주 산업을 반대하고 유명 기업들이 떠나갈 때도 그는 자신의 꿈을 포기하지 않았다. 오히려 실패가 그를 더 강하게 만들었다. 그러니 우리가 무언가에 도전해 실패했다면 그 실패는 우리를 더 강하게 만들 것이다.

그리고 만약 지속적인 실패로 그만두고 싶은 기분이 든다면 자신이 시작한 이유가 무엇이었는지 스스로에게 물어봐야 한다. 그 물음에 대한 자신의 답이 어쩌면 최고의 동기 부여가 될 수도 있다. 그 과정에서 내가 가진 힘을 알게 될 수도 있고, 내가 움직여야 할 명분이 생길 수도 있다. 스스로가 의심스럽거나 도전을 앞두고 두렵다면 자신에게 물음을 가져라. 그리고 지금껏 달려온 노력의 양과 간절함을 생각하며 도전하라. 그러면 두려움은 사라지고 용기만 남을 것이다. 그리고 용기란 두려움을 모른다는 뜻이 아니고, 두려움조차 나를 멈출 수 없게 하는 것이다. 또한 앞서 말했지만 용기는 두려움을 안고 나아가야 하는 것이다. 그렇게 지속적으로 용기를 내서 도전하다 보면 두려움이란 감정은 무뎌지고 우리는 그것에 적응되어 있을 것이다.

하지만 용기를 낸다고 해서 그 어떤 것이든 할 수는 없다. 우리가 용기 내서 도전하는 과정에서 정말 어려운 과정들을 거칠 것이고, 그 어려운 것들을 다 이겨 낼 수 있는 나를 만들어 나가야 한다. 용기를 낸다고 무조건 성공하는 것은 아니다. 간절함과 각오만으로 성공을 한다면 누구나 쉽게 성공했을 것이다. 하지만 세상은 그렇게 쉽게 흘러가지 않는다. 간절하고 준비된자에게 기회를 줄 뿐, 그 기회는 스스로 잡고 해 나가야 한다. 그러한 고난과 역경을 이겨 내는 방법은 사람마다 전부 다르다. 하지만 그 어려움을 이겨 내는 데 있어서 바로 빠질 수 없는 키워드가 있다. 바로 극복이다. 앞서 말했지만 신념은 나를 더 강하게 만들었고 용기는 나를 계속 앞으로 나아가게 해 주었다. 그리고 극복은 앞으로 나아가는 과정에서 전부 이겨 낼 힘을 준다.

3부

극복

자신에게 주어진 시련을 극복하라.

그 어떠한 고통도
결국 극복할 수 있다

2부에서는 용기에 대한 이야기를 다뤘다. 이번 파트에서는 용기를 가지고 나를 앞으로 나아가게 해 주는 과정에서 이겨 낼 힘을 가져다줄 극복에 대해 다룰 것이다. 극복이라 하면 가장 먼저 무엇이 떠오르는가? 나는 결국 어떤 것이든 해내서 안정과 여유를 찾는 것이라고 생각한다. 즉, 나에게 닥쳐오는 모든 고통과 환경, 상황을 극복해서 결국엔 모두 이겨 내는 것이다. 결과적으로 보면 행복해 보일 수 있지만 그 과정은 엄청 고통스러울 것이다.

우리의 삶에서도 암흑기와 힘든 시기들이 있고 고비가 있을 것이다. 하지만 그것을 이겨 내느냐 주저앉느냐는 자신에게 달려 있다. 나는 극복했다. 내가 특별해서 극복한 것이 아닌, 극복하기 위해 노력해서 이겨 낸 거라고 생각한다.

우리는 고통에 익숙해지는 존재다. 처음 겪은 고통과 충격은 나에게 매우 아프고 힘듦을 가져다준다. 하지만 그 고통이 두 번, 세 번이 되면 우리의 몸과 정신은 서서히 고통에 익숙해진다. 그걸 어떻게 극복하고 해결해야 할지 생각하는 여유까지도 생긴다. 생각해 보면 나뿐만 아니라 우리는 자신도 모르게 고통을 극복한 적이 많을 것이다.

고통을 극복하는 데에 있어 가장 중요하게 생각하는 것은 무엇인가?

나는 '강한 정신력'이라고 생각한다. 신체가 아무리 강하고 지식이 많아도, 정신이 무너지면 우리의 기능은 마비가 되며 의지가 꺾이고 추락한다. 하지만 정신이 살아 있으면 운동과 공부로 극복하여 자신이 쌓은 기능을 100% 사용할 수 있다고 생각한다. 자신의 무지함과 빈약한 신체가 고통이어도 스스로를 믿고 그것을 극복하려는 정신이 살아 있다면 결국 해낼 수 있고 극복할 수 있다.

니체의 말 중 유명한 말이 있다. "우리를 죽이지 않는 것은 우리를 더 강하게 만든다." 내가 한창 책에 빠져 있던 20살 때, 『니체의 말』이라는 책을 읽었는데, 그 책 내용 중 지금까지도 기억나는 말이다. 나는 내게 힘든 상황이나 고통의 순간이 찾아올 대, 저 말을 떠올린다. 그리고 결국 극복한다. 저 말에 굉장히 공감을 많이 하며, 늘 더 강해지기 위해 인내를 가지고 이겨 내는 습관을 가진다. 공부든 운동이든, 우리는 인내를 가지고 지속적으로 몰입해야 하는 순간들이 무수히 많고, 그 과정이 우리를 더 강하게 만든다고 생각한다. 그래서 나는 한 분야에 있어 월등한 실력을 가진 사람들을 보면 정말 존경한다. 그들의 과정이 눈에 보이진 않지만, 얼마나 많은 노력을 해 왔고 극복을 해 왔을지, 예상이 되기 때문이다.

스스로 달라지려고 마음을 먹고 큰 목표를 가졌다면, 인내라는 갑옷을 입고 이 악물고 미쳐 봐야 한다. 극복이란, 위기에서 더 큰 힘을 발휘하기 마련이다. 절벽에서, 막힌 길에서, 잃을 게 없는 상황에서 우리는 초인적인 힘을 발휘하여 극복할 수 있다. 하지만 그렇게 위기의 상황이 오기 전, 우리는 나아가야 한다. 정말 지금이 절체절명의 상황이라고 생각하고 미리 극복한다면, 우리는 위기를 면하고 지속적으로 성장할 수 있을 것이다. 즉, 할 일을 미루지 않고 세상에 도전장을 내밀고 극복하겠다고 마음먹었으면 지금 당장 실행하라는 것이다.

고등학교 2학년 때 이야기다. 나는 체중이 62kg까지 나갔었다. 하지만 나의 시합 체중은 52kg이었고, 대략 10kg 정도를 감량을 하고 나가야 했었다. 나는 체지방이 많은 편도 아니고 근육량이 적은 편도 아니어서 나에게 체중 감량을 하는 시간은 정말 힘들고 고통스러웠다. 하지만 대회 성적에 대한 목표와 대학에 대한 목표도 있고, 내가 여기서 포기해 버리면 나를 뒷바라지해 주는 부모님께 죄송한 마음과 같이 훈련하는 선배, 동기, 후배에게 쪽팔릴 테고, 내가 포기하면 시합 주전 싸움에서 밀릴 것을 생각하면서 미친 듯이 이를 악물고 시합을 준비했다.

하루 운동량은 7시간이었고, 가끔은 내가 대회를 준비하는 건지, 계체를 준비하는 건지 스스로 인지 부조화가 오기도 했다. 체중이 1kg씩 내려갈수록 내게 더 큰 고통이 찾아왔다. 심장이 터질 것 같고, 머리가 핑 돌고 어지러워서 쓰러질 거 같았고, 목이 너무 말라서 숨이 잘 안 쉬어지고, 배가 너무 고파서 장이 아플 정도였다. 나는 그런 고통을 겪으며, 포기하고 싶은 생각도 수없이 떠올렸고, 그냥 먹어 버리고 싶다는 생각도 정말 많이 들었다.

그렇게 계체까지 견뎌 내며 계체를 통과한 후, 수분과 음식을 섭취하면서 리게인(Regain)을 했다. 하지만 며칠 동안 음식을 먹지 않아서 위가 쪼그라들었고 조금만 먹어도 배가 부르고 아팠다. 그렇게 회복을 하고 수면을 취하면 다음 날에는 컨디션이 온전히 돌아오진 않지만, 그나마 전보다 괜찮아진다. 체중 감량을 너무 많이 하면 다음 날에 컨디션 회복이 제대로 되지 않는 것 같다. 그 과정에서 많은 고통들을 이겨 내고, 시합에 대한 간절함이 더해지니 나는 그 대회에서 메달을 따고 시상식에 올랐다. 그 시간들이 지나고 나니, 나는 내가 참 대견하다고 느꼈고 '그때도 강했구나.'라고 생각이 들었으며, 그때 포기하지 않은 내가 지금의 나를 만들었다고 생각한다.

이때, 체중 감량은 내가 실제 신체적으로 겪을 수 있는 고통 중 가장 큰 고통이었다. '지금의 내가 다시 그때로 돌아가도 과거의 나처럼 할 수 있을까?'라는 두려움이 있다. 그래서 나는 지금도 내가 먹고 싶은 음식을 먹을 수 있음과 배부를 수 있다는 것에 항상 큰 감사함을 느끼고 있다. 또한, 과거에 극복을 한 흔적이 있으니, 뭐든 극복할 수 있다는 큰 자신감이 있다. 어쩌면 먹는 게 당연하다고 생각하는 사람들이 많다고 생각한다. 나는 이런 사소한 것에 감사함을 느끼니, 내 인생이 더 행복하고 풍요로울 수 있는 것이라고 생각이 들었다.

그렇게 저 과정에서 "인간은 쉽게 죽지 않는다."라는 것을 직접 몸으로 겪었고, 죽이지 않는 고통이 생각보다 나를 더 강하게 만들었다. 남들이 포기하는 지점에서도 포기하지 않는 강한 의지가 생겼고, 그 의지는 지금까지도 나를 불태운다. 그러니 당신도 목표를 위해 고통을 감수하고 극복하여 한 번뿐인 인생을 불태웠으면 좋겠다.

스터디코드, 라이프코드 대표인, 기업인 조남호라는 유명인이 있다. 나는 그분의 강연을 자주 듣고 그분의 강연으로 인해 많은 동기 부여도 받았었다. 그분이 유일하게 돌아가고 싶지 않은 순간이 있다고 말했던 적이 있다. 그리고 열 번을 다시 태어나도 그때만큼 열심히 하지 못한다고 말했었다. 그 순간은 바로 고등학교 때다. 이분은 중학교 때는 공부를 안 했다가 고등학교에 들어서 공부를 시작했다. 근데 공부를 그냥 하는 정도가 아니라 정말 죽을 뻔하고 정신병이 올 거 같을 정도로 미친 듯이 공부를 했다고 한다. 도대체 얼마나 많이 했길래 이런 말을 하는지 궁금할 것이다. 수능을 준비하고 공부를 많이 하는 학생들을 보면 하루에 6시간, 짧으면 5시간밖에 자지 않는 학생들이 있다. 하지만 이분은 7시간 반을 잤다. 그리고 방학 때는 8시간을 잤다. 그리고 공부는 도서관에 아침 9시에 가서 저녁 7시까지 공부를 했다. 밥 먹는 시간을 제외하고 11시간 정도를 공부했다고 한다.

이분은 그때의 자부심이 있고 다시는 그렇게 열심히 하지 못하고 그 어느 학생도 자신보다 공부를 많이 했다고 생각하지 않는다고 한다. '도대체 뭐 때문에 그럴까?'라고 생각한 순간 이분은 말했다. "매일매일 하루도 빠짐없이." 1년이면 365일, 2년이면 730일, 3년이면 1,095일이다. 매일매일 하루도 빠짐없이 하루에 11시간을 공부했다는 것이다. 내가 이전 용기 파트에서 10,000시간의 법칙을 얘기했었다. 근데 1,095일, 하루 11시간을 계산해 보면 12,045시간이다. 3년 만에 10,000시간의 법칙을 넘긴 것이다. 나는 감히 그 고통을 상상조차 할 수 없다. 내가 운동선수 생활을 그만두고 처음 공부를 시작했을 때 1시간만 해도 힘들었고 낯설고 움직이고 싶었는데 이분은 매일 11시간 공부했다고 하니 정말 벽이 느껴졌다.

누구는 "공부보다 운동이 더 힘들다." 또 누구는 "운동보다 공부가 더 힘들다."라고 말을 하곤 한다. 하지만 둘 다 매우 힘들고 서로를 리스펙해 주고 응원해 주는 게 맞다고 생각한다. 서로 힘들어 죽겠는데 그걸 가지고 또 물어뜯고 제삼자들이 싸움판을 여는 건 정말 이해 안 되고 몰상식한 행동이라고 생각한다.

저분도 사람이다. 또한 다른 큰 고통들을 극복한 사람들도 다 같은 사람이다. 그러니 우리도 할 수 있다. 그리고 자신의 인생을 한번 쭉 되돌아보라. 분명 고통의 순간이 있을 테고 그걸 극복한 순간이 있을 것이다. 그걸 떠올리며 현재의 고통을 이겨 낼 동기 부여로 만들어 보자. 고통을 더 큰 고통으로 밀어내라. 어찌 보면 악순환같이 들릴 수 있겠지만 내가 전하고 싶은 말은 지금 현재의 고통이 지난 극복했던 고통보다 약하다고 스스로 생각하며 조금 더 힘을 내고 다시 마음가짐 제대로 잡고 나아가 보라는 말이다.

살아가면서 우리는 자신을 진심으로 응원해 주는 사람이 극히 드물다는 것을 깨닫게 된다. 대부분 인간의 본성은 남이 잘되는 걸 바라지 않기 때문이다. 하지만 정말 진심으로 응원해 주는 좋은 사람들도 분명히 있다. 말만 응원하는 것이 아닌, 앞에선 응원하고 뒤에선 안 된다고 말하고 다니는 것이 아닌, 진심으로 응원하는 사람 말이다. 나에겐 그런 사람이 몇 명 있다. 정말 이건 내 삶에 있어 하나의 천운이라고 생각한다. 누군가가 나를 진심으로 응원해 준다는 게 얼마나 많은 힘이 되고 극복을 할 수 있는 힘이 되는지 나는 몸으로 직접 느꼈기 때문이다.

내가 해외 인턴으로 외국에 있는 동안 그곳에서 친해진 친구가 나에게 편지를 전해 줬었다. 그 편지는 나에게 정말 큰 힘이 되었고, 어려움을 극복할 수 있었다. 나는 지금까지도 그 친구에게 정말 고마움을 느끼고 있다. 그 편지의 내용은 이렇다.

나는 가을을 좋아해. 하지만 앞으로는 가을보다 겨울을 더 좋아하게 될 거 같아. 왜냐하면, 너는 내게 겨울에 찾아왔으니까. 겨울은 외로운 거 같아. 그래서 항상 외로움과 싸우게 되지. 어떤 사람들은 이걸 계절성 우울증이라고도 불러. 그리고 이 감정은 항상 연말에 찾아오지. 하지만 올해는 네가 이 시기를 견디는 법을 가르쳐 줬고 네 덕분에 정말 즐거운 연말을 보내고 새해를 맞이할 수 있을 거 같아. 너는 정말 재능이 있고 너의 책은 분명 성공할 수 있을 거야.

네가 어디를 가든 너의 빛의 자취를 남겨 봐. 그럼 너를 따르는 모든 이들의 길을 밝혀 줄 거야. 나는 너를 따라가다 보니, 내가 지금까지 만나 본 사람 중 가장 멋진 사람이 되어 있었어. 정말 고마워.

또한 나는 언어를 배우는 데 야망이 있어. 그리고 지금 생각나는 이런 말이 있어. '일일불견여삼추', 하루 보지 못하면 석 달이 지난 것 같다는 말이야. 네가 이곳을 떠나면 마치 이런 기분일 거 같아. 그래서 나는 네가 다시 돌아오길 진심으로 바라고 진심으로 응원하고 있어.

마지막으로 말하고 싶은 게 있어. 인생의 의미를 목적지로 찾으려 하지 말아 줘. 그 의미는 네 안에서 창조되는 것이니까. 그리고 앞으로 멀리 떨어져 있어도 연락하며 지내요.

이 편지로 인해 나의 고통들과 힘듦이 정말 싹 사라지고 극복하여 다시 일어설 수 있었다. 나는 이때 한 번 더 느꼈다. 정말 누군가가 나를 응원해 주면 그 사람을 위해서라도 다시 일어서게 된다는 것을. 그래서 나도 누군가에게 힘이 되기 위해, 어쩌면 이 글을 읽는 당신에게 힘이 되기 위해 응원을 한다. 당신을 응원해 주는 사람이 없다면 내가 당신을 응원하겠다. 진심이다.

나는 예전엔 누군가를 진심으로 응원하기 전에 내가 먼저 응원을 받고 싫어 했다. 하지만 그 당시에는 몰랐다. 뭔가를 받고 싶다면 먼저 줘야 한다는 것을. 그래서 나는 내 주변인들과 만남을 가지면서 대화를 많이 나눌 때, 내 주위에 있는 사람이 정말 잘되기를 바라며 응원을 해 준다. 그리고 나도 주변에 있는 좋은 사람들이 나를 응원해 주고 있다. 하지만 응원을 받기 위해 응원을 하는 게 아닌, 그 누구에게도 악을 품지 않고 누구도 싫어하지 않고 누구에게나 존경을 표하는 나의 마음가짐이 나를 더 나아지게 만들었고 부정적인 나를 완벽하게 극복하고 바꿨기 때문에 늘 건강한 자세를 유지하려고 하는 것이다.

누구나 한 번쯤은 왠지 부정하고 싶고 짜증이 나며 인정하기 싫고 괜히 누군가가 싫어지기도 한다. 내 몸에서 반항이라도 하듯 괜히 생각이 삐뚤어질 때가 있다. 하지만 그렇게 마음먹는다고 달라지는 건 없다. 오히려 정신만 더 피폐해지고 망가진다. 그런 생각을 가지다 보면 나에게 찾아올 운도 떠나 버리고 사람도 떠나 버린다. 그러니 나에게 그런 생각이 찾아오기 전에 우리는 감정을 다스리고 살아야 한다. 부정적인 감정에 휩쓸려 이성적인 판단이 흐려지면 자신을 잃어버리게 된다. 평소에는 신경 쓰지 않고 반응하지 않은 것어 반응하게 되고 예민하게 받아들이게 되면 서서히 인생이 꼬이게 된다. 그리고 뱉은 말, 행동은 되돌릴 수 없고 누군가에게 지울 수 없는 상처를 줄 수도 있다. 그런 생각에 갇혀 있으면 그것 또한 큰 고통이다. 그러니 이 고통이 찾아오기 전에 생각을 바꾸고 극복하자.

결국 고통은 피할 수 없는 삶의 일부라고 생각하며 그것을 어떻게 받아들이고 극복하느냐는 우리 선택이다.

내가 누구인지 잊어선 안 된다

우리 인생은 정말 미로와도 같다. 각자의 길에서 자신의 길로 나아가는 과정에서 막힌 길로 가거나 막다른 길이 나오기도 하고 뫼비우스의 띠처럼 왔던 길로 다시 돌아오는 경우도 있다. 그리고 이 세상이라는 미로에 대해 '나의 성공이라는 출구는 과연 존재하는가?' 하는 의구심을 품기도 한다. 그렇게 인생이라는 미로에서 우리는 수없이 좌절을 맛보기도 하고 지나온 길을 후회하기도 하고 마음이 급해지기도 한다. 하지만 그런 상황이 올 때마다 우리는 우리가 누구인지 잊어선 안 된다.

실패와 좌절을 거듭할수록 우리는 성장하고 극복의 노하우를 쌓을 수 있다. 하지만 포기하고 자신의 존재를 잊으면 노하우가 아닌 마침표가 되어 버린다. 나도 그렇고 우리는 그걸 바라지는 않는다. 그리고 그렇게 되지 않기 위해 강한 멘탈과 나를 잊어버리지 않고 극복해 나가는 법을 알아야 한다. 그리고 스스로에 대한 믿음, 남과 비교하지 않고, 자신의 강점에 대해 생각하며 우리는 우리 스스로를 연구하고 발전시켜야 한다. 나는 비교와 자신에게 믿음이 없어 나를 잠시 잃어버린 적이 있었다.

군대에서의 이야기다. 나는 기존에 내 전공과 관련된 사람 위주의 인맥이 내 전체 인맥의 80% 이상을 차지할 정도였다. 하지만 군대에 가고 이곳에 있는 사람들과 대화를 해 보면서 정말 나와 전혀 관련 없는 분야의 사람들과도 접해 보고 비슷한 체육 계열 분야의 사람들도 접해 보고 내가 관심이 있었던 분야의 사람들도 접했었다. 그 과정에서 나는 나의 전공에 대한 자신감을 잃었었다. 내가 겪지 않았던 그 사람들의 인생이 흥미롭고 리스펙을 했지만 왠지 모르게 스스로 자존감이 낮아지고 내가 작아지는 느낌을 받았기 때문이다. 그 사람들도 내 삶을 듣고 리스펙한다는 생각은 하지 못한 채 혼자 초라해진 것이다. 그렇게 나는 나를 잃었었다. 내가 나를 존경해 주지 않으니 다른 사람들도 나를 얕잡아 보는 것만 같았다. 정작 다른 사람은 그런 생각을 하지 않는데 말이다.

그리고 나는 10살부터 20살까지 외길 인생을 살아와서 그랬는지 다른 사람들과 이야기를 하면서 학창 시절에 여러 가지를 배우고 경험한 것에 많은 부러움을 느꼈다. 나도 정말 여러 가지를 배우고 싶어 했기 때문인 거 같다. 그렇게 많은 사람을 알아 가고 많은 사람과 대화하면서 세상을 바라보는 시야가 넓어지고 새로운 것을 알아 가면서 큰 재미를 느꼈지만 한편으로는 내가 지금까지 걸어온 길을 남과 비교하며 방황하기 시작했었다. 꿈은 정하지 못했지만 갑작스럽게 알아 가는 것은 많고, 그래서 내 뇌에 혼란이 왔었다. 그렇게 혼란을 겪고 자존감이 떨어지기도 하고 나를 잃어 보기도 하며 많은 좌절을 맛보니 결국 해결 방법이 생각나기 시작했다. 그 방법의 첫 번째는 나를 찾는 시간을 쓰는 것이다.

군대 사람들이 자신들의 꿈을 가지고 나아갈 때, 나 또한 내 삶을 되돌아보며 내가 앞으로 할 수 있는 일, 잘하는 것, 자신 있는 것을 생각하고 정리하며 나를 찾는 시간을 가졌다. 즉, 나에게만 몰입하는 시간을 가진 것이다. 그러다 보니 자연스럽게 나를 찾았고 방황, 좌절, 혼란 등이 극복이 되었다.

두 번째 방법은 나를 있는 그대로 받아들이는 것이다.

내가 남들보다 부족한 것, 못하는 것을 인정하고 받아들이며 올라갈 계단만 바라보고 독한 마음을 먹고 내 시간에 투자했다. 인정하고 노력하니 자존감이 높아지고 그 상황을 극복할 수 있었다.

이게 내가 군대에 처음 입대하고 느낀 감정들이었고 군대에서 처음 극복한 하나의 스테이지였다. 어떻게 보면 '별거 없네.'라고 할 수도 있겠지만 나는 그 당시 내 삶에서 방황하던 시기에 입대했기 때문에 꿈에 대해 많이 진지하게 생각하고 꿈을 좇고 지식을 갈망했었다. 그래서 그런 감정을 느꼈었다.

또한 살다 보면 우리는 한 번쯤 이런 적이 있을 것이다. 누군가와 어울리기 위해 따라다니고 맞춰 주고 끌려다니며 괜히 친해 보이려는 척을 한다. 나는 어렸을 적 그런 적이 몇 번 있었다.

중학교 시절, 우리 학교는 전형적인 학교 게임이었다. 무리들이 있고 서열과 급이 나뉘었고, 빽이란 게 있었다. "너 누구누구 알아?" "그 형 나랑 친해." "쟤 빽 많아." 이런 말이 들려오는 아이들은 무리에서 리더가 되어 있었고 지금 보면 단순 양아치가 학교 게임에서 운동부를 제외한 가장 높은 위치에 있었다. 그 시절은 그냥 단순 무력과 의미 없는 인맥이 서열을 정했었고 실제 꿈을 위해 노력하는 아이들은 그런 게임에서 제외되어 있었다. 나는 운동부였지만 몸집도 작고 체중도 적게 나갔고 그 당시 잘나간다고 칭하는 애들과 어울리면 멋있어 보일 거 같다는 생각에 억지로 그런 애들과 친한 척하고 복도에서 가오를 잡았고, 골목에서 괜히 센 척을 했었다.

나는 항상 운동에 집중했었고 어렸을 때부터 대회 성적도 되게 좋았으며 또래 애들보다 운동을 월등히 잘했었는데 당시 그런 나를 잃어버리고 질 안 좋은 친구들과 억지로 어울리며 그게 멋있는 줄 착각했었다. 그렇게 6개월 정도를 지냈었는데 그 친구들은 어렸을 때부터 담배를 피웠다. 나는 담배에 호기심을 가지게 되었는데, 담배 피우는 친구들 모습이 왠지 멋있어 보였고 그게 성숙하고 어른처럼 보였었다.

내가 만약 담배를 피우고 코치님과 부모님한테 걸리면 정말 큰일 날 걸 알고 몸이 저절로 긴장되고 심장이 빠르게 뛰었지만 호기심이 그 두려움을 밀어냈다. 나는 떨리는 마음으로 애들에게 나도 담배를 피우고 싶다고 말했었다.

하지만 그 무리 중 친구 한 명이 나를 정말 많이 말렸고 그 친구 덕분에 나는 담배에 한 번도 입을 대지 않았다. 그때 만약 나를 말려 주는 친구가 없었고 그대로 담배를 피우기 시작했다면 지금의 나는 없었을 것이다. 시간이 지나고 나는 지금 이게 정말 잘못됐다고 인지를 했고 자연스럽게 그 친구들과 스스로 멀어졌다. 그리고 다시 내 운동에 집중하고 억지로 어울리려고 하지 않으니 난 다시 날 찾았고 그때의 경험이 지금까지도 날 한 번도 엇나가지 않게 해 줬다. 결국 자기주장이 없고 남들이 원하는 나로 살아가며 따라가기 급급했던 시기였기 때문에 일어난 일이었다.

그렇게 어울리려고 해도 살아온 삶이 달라 결국 동떨어졌고 나는 오히려 맞지 않는 사람과 어울리지 않아 정말 다행이고 나를 잃어버리지 않았다. 자신에게 맞는 사람은 결국 어울리게 되고 맞지 않는 사람은 맞추려 해도 결국 갈라서게 된다. 나는 그걸 중학교 3학년 때 학교생활 속에서 처음 깨닫게 되었다. 그리고 중학교 때 처음 느낀 저 감정은 나의 내면에서 무의식의 동기 속에서 깨닫게 되었다고 생각한다.

프로이트의 무의식 이론을 보면 우리의 정신 구조 모델은 의식(Conscious), 전의식(Preconscious), 무의식(Unconscious), 세 가지 수준의 인식으로 나뉜다고 한다. 의식은 현재를 자각하고 있는 생각과 감정, 전의식은 필요할 때 의식적으로 떠올릴 수 있는 기억과 정보, 지식, 무의식은 억압된 욕망, 본능, 외상적 기억 등 의식적으로 접근할 수 없는 것들이다. 우리가 사람들과 대화하고, 교류하는 것들과 원초적인 오감을 느끼는 것은 무의식에 속한다고 생각한다. 그래서 프로이트는 우리 인간의 많은 행동은 무의식의 동기에 의해 좌우되고, 감정, 충동, 방어 기제, 꿈 등 자연스럽게 행동으로 나오는 것들이 무의식 속에서 나온다고 말하였으며 나도 그 말을 경험을 통해 동의한다. 그리고 개인적으로 의식 속에서 무의식을 극복할 수 있다고 믿는 사람이다. 내가 당장 고치고 싶은 무의식적으로 나오는 성격, 행동, 말투, 감정 등을 의식을 가지고 고쳐 나가고 더 나아가 욕망, 본능, 충동, 본성 등을 바꿔 나가고 극복할 수 있다고 믿고 있다. 그 과정은 엄청난 노력이 필요할 테고 절제 능력, 바꾸고 싶은 강한 의지, 환경, 도움, 스스로 정한 룰, 그걸 지킬 마음 등이 이걸 극복할 힘이라고 생각한다.

나는 이걸 극복하기 전에 나를 이해하고 알아 가기 위해서 글을 썼고 다양한 예술과 표현을 찾으러 가고, 직접 느끼고 내 삶에서 사소한 것이라도 오감을 통해 최대한 느끼려고 했다. 그렇게 살다 보니 진정 나를 잃지 않는 힘을 찾았고 삶에 대한 의미 부여를 통해 진정한 행복을 찾았다. 그래서 난 현재 하루하루가 너무 재밌고 기대되며 진정한 내가 되었다.

여러분이 생각하는 삶의 1순위는 무엇인가? 난 내 삶에서 1순위가 나의 성장이다. 매일매일 일기에 기록하고 운동하고 책을 읽고 공부하며 외면과 내면이 성장하는 걸 느꼈을 따 큰 도파민과 성취감을 얻는다. 그리고 오랜 기간 동안 한 목표를 위해 준비하고 그걸 이루는 순간이 가장 큰 행복이다. 벽을 느끼거나 고비가 찾아오고 막히는 순간이 찾아와도 결국 시간을 투자하고 극복해서 내 믁표를 완성시키면 그 어떤 것보다도 난 큰 행복을 느낀다.

그 과정에서 자신에 대한 정체성을 찾고 인간이 얼마나 강한 존재인지 문득 깨닫게 된다. 그리고 정말 큰 벽처럼 느껴진 자신의 목표였지만, 어느새 그 목표에 근접해 있다는 느낌을 받는 순간 정말 큰 성취감과 설렘이 몰려온다. 그 기분을 잊지 못하고 늘 극복하고 발전하는 사람이 있는 반면, 그 기분을 느껴 보지 못한 사람드 있다.

성장의 과정은 나를 잃어버리지 않게 하였고 오히려 내가 누구인지 더 알게 되는 순간이었다. 나를 알고 내 취미와 일에 투자하면 미래가 기대되고 그 과정에서 큰 행복감도 느낄 수 있다. 이 기분을 느낄 수 있고 나를 잃어버리지 않는다면 우리는 삶의 극복에 한 걸음 더 다가갈 수 있을 것이다.

증명

　우리는 극복에 대한 주제로 나의 경험과 다양한 이야기를 통해 대화를 이어 나가고 있다. 하지만 이야기를 들었을 때 한 가지 의문을 가질 수 있다고 생각한다. 나도 이 주제에 대한 의문을 가졌다. "결국 극복의 도착지는 무엇인가?" 여러분이 생각하는 극복의 도착지는 무엇이라고 생각하는가? 나는 증명이라고 생각한다. 극복은 그 여러 과정과 겪은 경험을 극복하고 그걸 증명하는 것이라고 생각한다.

　증명하면 무엇이 떠오르는가? 나는 여러 의심 속에서 기꺼이 성공으로 해내 버리는 것을 증명이라고 생각한다. 우리는 자신의 삶을 살고 목표를 가지고 꿈을 가지는 것을 결국 실현하고 증명해 버리겠다는 강한 욕망이 있다. 나 또한 그런 야망과 욕망이 내 안에서 늘 꿈틀대고 있다. 꿈과 성공의 욕심이 많아질수록 그런 욕망이 꿈틀대고 불타오른다고 생각한다. 그런 생각이 나를 사로잡을 때 우리는 바로 실현해야 한다. 이때 주저 없이 고민 없이 증명을 위해 시작한다면 그 스타트에 피버 타임이 생긴다고 생각한다.

　한 번쯤 무언가를 도전할 때 무언가 혼이라도 씐 듯 내가 가진 집중력이 100% 다 발휘되고 그 집중력이 오래가며 완성도, 속도, 퀄리티 등 빠짐없이 완벽에 가깝고 시간이 지나 두 번, 세 번은 잘 안되는 순간이 있다. 나는 그걸 몰입이라 생각하고 피버 타임이라고 생각한다. 증명이라는 강한 욕망이 우리를 각성하게 하는 순간이다. 그리고 그 각성 상태에 도달한 사람들의 눈을 보면 뭔가가 다르다. 그 사람이 하고 있는 무언가를 본능적으로 무조건 성공시킬 거 같다는 느낌을 받는다. 나는 그걸 본능적으로 느낀 적이 있고 다른 사람도 나에게 그걸 느낀 적이 있다고 말했다.

이런 느낌을 처음 느낀 순간은 초등학교 6학년 때 태권도 대회에서였다. 2016년도 후반기에 있던 경기도 대회였고, 나는 결승전만 앞두고 있는 상황이었다. 내 상대는 전반기에 내 체급에서 경기도 대표가 돼서 소년 체전에 나갔던 선수였다. 결승에 내가 올라갔을 때 내 주변 애들은 내가 질 거 같다고 했었고 나는 그 말을 들었을 때 내 몸에서 그걸 거부하기라도 하듯 야망이 올라와 뜨거워졌다.

그렇게 나는 코트에 올랐고 경기는 시작됐다. 나는 초반에 점수를 엄청 뺏겼고 따라잡기 힘들 정도로 점수가 벌어져 있었다. 근데 어느 순간 상대의 발이 보이고 나도 점수를 내기 시작하면서 그 경기에 완전히 몰입을 했고 숨이 차는 느낌이 사라졌다. 그때부터였다. 나는 점수 차를 계속 따라갔고 1라운드, 2라운드가 끝나고 코치님의 세컨드를 듣는데 본능적으로 이길 거 같다는 생각밖에 떠오르지 않았다. 3라운드에서 점수를 다 따라가서 마지막에 역전을 했고 그대로 경기가 종료됐다. 나는 그 순간 너무 기뻐서 코치님을 향해 달려가 안겼다. 대부분 내가 진다고 했을 때 결국 이기고 금메달을 목에 건 순간 증명의 도파민을 알게 되었다.

나는 그 당시 성공할 거 같다는 느낌을 스스로에게 받았다. 초반에 점수 차가 많이 났어도 왠지 모르게 그 경기가 패배로 끝날 거 같다는 생각이 들지 않았다. 이 마인드와 각성 상태가 나를 이길 수 있게 해 준 것 같다.

그리고 군대에서 있었던 이야기다. 군대에서 태권도 대회가 크게 있었는데 난 중대장님의 권유로 출전하게 되었다. 그곳에서 같이 지내는 사람들은 대부분 내가 대회에서 좋은 성적을 낼 거라는 기대가 없었다. 그리고 내게 건넨 말은 "맞을 거 같다." "질 거 같다." "지고 오면 놀려야지." 이런 말이 대다수였다. 나는 그 당시 내 본업에 대해 깎아내리고 무시하고 마음대로 평가하는 것에 굉장히 자존심이 상했다. 하지만 그런 말들이 나를 뜨겁게 만들었고 증명해야겠다는 마음이 나를 각성하고 몰입하게 만들었다.

그리고 대회 당일, 나는 정말 증명해야겠다는 생각밖에 없었고, 그 원동력으로 나는 그 대회에서 상을 2개를 받았다. 부대로 돌아와서 나를 응원해 준 사람들은 진심으로 나를 축하 해줬고, 나머지 사람들은 그래도 여전히 나를 무시하고 자신의 예상이 빗나간 것에 대해 자기 위로를 하고 있었다.

그리고 시간이 지나 내 첫 체력 측정을 보는 날이 있었다. 하지만 태권도라는 이유로 체력 측정에 대해서도 무시를 당했다. 나는 또 증명해야겠다고 독한 마음을 먹었고 결국 전체 체력 1등으로 증명을 했다. 나는 이런 증명들로 인해 나를 깎아내린 사람들의 입을 닫게 했고 그 기분은 지금까지도 계속 증명하기 위한 원동력이 되었다.

여러분들도 한 번쯤 증명하고 싶어서 열정이 불타오른 적이 있을 것이다. 주변의 비난, 평가, 무시와 보여 주고 싶은 마음, 결국 해내는 걸 보여 주고 싶은 마음 등 살아가면서 많은 상황이 동기 부여가 되고 자극이 된다.

스윙스라는 유명한 래퍼가 있다. 스윙스는 「쇼미더머니」라는 랩 서바이벌 프로그램에 참가자로 나갔었다. 그는 「쇼미더머니 시즌 2」에 첫 참가자로 나가 슈퍼루키라는 칭호를 젊은 패기로 얻어 최종 3위까지 올랐고 그다음 시즌에서는 바로 프로듀서로도 참가를 했다. 그리고 저스트뮤직이라는 회사를 설립하고 이후에 인디고뮤직이라는 회사도 설립하면서 두 회사의 CEO가 되어 전성기를 보내고 있었다. 「쇼미더머니」는 매년 방영을 해 왔고 스윙스는 종종 피처링으로도 출연을 했다.

「쇼미더머니」 2차 예선은 총 4팀의 프로듀서의 fall을 받지 않고 1분 동안 랩을 보여 주고 통과하는 시스템이다. 만약 1분이 끝나기 전에 모든 팀의 fall을 받게 되면 불구덩이 안으로 내려가 탈락하게 된다.

스윙스는 「쇼미더머니 시즌 3」에 처음 프로듀서로 나왔고, 2차 예선에서 프로듀서의 회사에 소속된 래퍼가 2차를 보면 그 프로듀서는 fall을 누르고 시작하자는 암묵적인 룰을 만들었다. 만든 이유는 만약 그 프로듀서를 제외한 나머지 팀이 fall을 누르고 자신의 회사 래퍼라고 인맥으로 통과시킬 수도 있기 때문이다.

그 후에 「쇼미더머니 777(트리플 세븐)」과 「쇼미더머니 시즌 8」에도 프로듀서로 나왔다. 하지만 시즌 7에도 시즌 8에서도 스윙스는 논란에 휩싸였다. 참가자가 2차 예선을 하기 전 프로듀서와 참가자들에게 간단한 자기소개를 하고 대화를 주고받고 1분 랩을 시작하게 되는데, 전에 자신에게 디스를 했던 래퍼들이나 저격했던 래퍼들이 나오면 시작 전에 압박을 주거나 긴장을 하게 만들었다. 그리고 랩 서바이벌에서 랩을 하지 않고 노래를 하는 래퍼를 신선하다는 이유로 합격을 줬다. 그래서 스윙스는 계속 악플에 시달렸고 자신의 실력에 대해서도 거품이라는 시청자들도 많고 참가자로 나오면 예선 탈락이라는 등 당사자 입장에서 큰 악플에 휩쓸렸다.

그는 그런 악플 속에서 증명하기 위해 시즌 9에는 참가자로 나왔다. 그는 1차 예선 시작 전 인터뷰에서 이런 말을 했다. "악플? 다른 건 신경 안 써요. 근데 제 실력에 대해서 까 내리고 하는 건 못 참겠더라고요. 저 증명하려고 나왔어요. 너희가 말하는 퇴물 래퍼가 뭔지 보여 주려고 나왔어요." 그는 당당히 합격했고, 그가 2차 예선에 섰을 때 프로듀서 중 두 팀이 자신의 회사 직원이었다. 그래서 그는 그가 만든 룰로 2fall을 받고 시작했고 결국 증명했다. 그는 2차 예선 시작 전에 인터뷰에서 이런 말을 했다. "내가 필요한 거? 저 인정이요. 전 항상 목말라 있어요. 그거 때문에 여기까지 왔고 그거 때문에 그만두지 못하는 거예요." 그렇게 그는 계속 증명했고 최종 4위까지 올라갔다.

그는 악플에 대한 압박감과 긴장보다 인정받을 욕구가 더 커서 증명했다고 생각한다. 압박과 긴장을 증명이라는 단어로 극복을 한 것이다. 저 압박이 그에게 얼마나 크게 느껴지고 무겁게 느껴졌을지 내가 판단할 수 없겠지만 정말 큰 압박감이라는 거 잘 알고 있다. 그렇지만 결국 증명하고 극복한 것이 정말 멋있다고 생각하고 정말 많이 리스펙을 하게 되었다.

왕좌의 자리를 지키는 게 얼마나 힘든지 알 것이다. 정상에 올라가는 것도 매우 힘들지만 그 정상을 지키는 것도 정말 힘들다. 스윙스는 래퍼의 세계관에선 정말 탑급이고 성공한 사람이다. 그리고 그는 이후 이런 말을 했다. "제가 「쇼미더머니」 프로그램 살렸어요. 「쇼미더머니」가 성공한 데는 제 지분이 상당히 커요."라고 말이다. 그는 프로듀서로도 참가자로도 둘 다 증명을 했고 왕좌의 자리를 지켰다.

높은 위치에 올라갈수록 자신을 싫어하는 사람들은 더더욱 많아질 것이다. 그런데 높은 위치에 올라간 이유가 자신을 싫어하는 사람들이 많아지려고 올라간 것이 아니지 않는가? 성공과 행복과 자유를 위해 극복하고 극복해서 올라간 자리인데 그 자리에서 싫어하는 사람에게 집중한다면 행복을 찾을 수 없을 것이다.

스윙스의 이야기로 인해 나도 증명어 더 큰 야망을 품고 나아갈 수 있게 되었다. 우리 삶에선 정말 증명해야 할 순간이 많다. 증명을 하기 위해 고독한 시간을 가져야 하기도 하고 몰입하는 시간을 가져야 한다.

니체의 말 중 이런 말이 있다. "무리를 지어 다니는 사람 중 제대로 된 삶을 사는 사람을 본 적이 없다." 이 말의 의미는 스스로 삶의 목적과 방향을 정하지 않고 휩쓸리는 삶을 사는 자들에 대한 비판이다. 나도 그렇게 생각한다. 자기만의 가치와 삶을 추구하는 것이 중요하고, 혼자만의 시간 속에서 자신의 진정한 모습이 나오기 때문이다. 그래서 나는 증명을 위해 무언가를 준비한다면 혼자 있는 시간을 가지고 성장하며 극복해야 한다고 생각한다. 그렇다고 무리 지어 다니는 것이 무조건 옳지 않다는 것은 아니다. 사람은 결국 사람과 공존하고 소통하는 사회적인 동물이기 때문이다. 아이디어는 혼자서만 발견하는 것보다 사람과 사람이 머리를 맞대어 발견하는 것이 더 좋다고 생각한다.

내가 이 책을 준비하는 과정에서 처음에는 혼자서만 준비를 해서 책을 발행하려 했지만, 혼자서는 옳고 그름을 판단할 수 없었고 결국 도움과 아이디어가 필요하다고 느꼈었다. 그라서 주변 지인들에게 원고를 보여 줬고 감사하게도 한 독자의 시점으로 피드백과 보완점 등을 말해 주었다.

그렇게 완성하는 과정에서 혼자 증명하는 시간도 중요하지만 머리를 맞대어 도움을 받는 것도 중요하다는 생각이 들었다.

내가 전하고자 하는 말은 증명을 위해 혼자만의 시간 속에서 성장하고 극복하는 것도 중요하지만, 가끔은 너무 앞만 바라보기보다는 주변도 살피면서 공존하고 도움도 받아야 한다는 것이다. 무언가 증명하려 하지만 막히고 나아가기 힘들 땐 자신의 주변을 바라보는 것도 중요하다. 생각보다 주변엔 당신을 도와줄 사람이 많을 것이다. 극복하고 증명하려는 의지가 앞서고, 과정 속에서 안 된다고 손가락질을 하는 사람도 많겠지만, 반대로 여러분을 진심으로 응원하고 도와주는 사람 또한 많을 것이다. 우리는 혼자가 아니다.

그러니 도움의 손길을 부끄러워하지 않고 내밀자. 나는 그렇게 혼자의 힘과 주변의 힘으로 극복하고 증명해 왔다.

트라우마에 대한 극복

우리는 살면서 많은 것을 극복하면서 살겠지만 그중 트라우마에 대한 극복도 해야 한다. 트라우마는 과거에 겪은 심리적 충격이나 외상적인 충격, 사건으로 인해 개인의 감정, 생각, 행동에 지속적인 영향을 끼치는 깊은 상처가 생긴 것이다. 트라우마는 크게 3가지로 분류가 되는데 외상 경험, 정신적 영향, 일상생활의 변화가 있다. 트라우마는 결코 쉽게 생기지 않는다. 정말 자신의 인생에 큰 충격을 가져다준 것들이 주로 트라우마로 남게 되고 그 트라우마는 우리를 고통에 시달리게 하기도 한다.

여러분은 트라우마를 어떻게 극복할 수 있다고 생각하는가? 내가 생각하는 방법 중 첫 번째는 트라우마를 트라우마라고 생각하지 말고 성장에 대한 경험으로 생각하는 방법이다.

초등학교 시절부터 운동선수를 해 오면서 정말 많이 혼났고 2017년 이전에는 맞으면서 운동했던 시기였기에 정말 많이 맞았고 그게 하나의 트라우마로 자리 잡고 있었다. 2017년도 기전에는 운동선수 보호법이 없었기 때문에 그 당시 운동선수들은 맞는 것을 당연하게 생각했었다. 연말이 다가오고 추운 바람이 불며 겨울이 올 때쯤이면 겨울의 향이 있다.

나는 그 겨울의 향을 맡으면 지금도 몸이 긴장한다. 선수 시절 때는 동계 훈련이 1년 중 가장 힘들었기 때문이다. 다른 지방으로 전지훈련을 갈 때면 오전 6시 반에 새벽 운동을 시작하고 9시 반이면 오전 운동을, 오후 2시 반이면 오후 운동을, 오후 7시면 야간 운동을 하고 운동이 끝나고 씻고 나면 저녁 10시였다. 그런 훈련을 3주 동안 했었고, 전지훈련이 끝나도 동계 훈련 기간 동안은 오전, 오후, 야간 운동을 했었다. 총운동 시간은 평균적으로 7시간이었다. 그래서 우리 운동선수들은 방학이 학기 시즌보다 더 힘들었다. 하지만 시간이 많이 지나고 되돌아봤을 때 이 시간 덕분에 어렸을 때부터 강한 멘탈과 인내, 의지, 정신력을 가지게 되었고 날 가르쳐 주신 선생님 덕분에 대학까지 원하는 곳으로 갔다고 생각한다. 그래서 지금도 종종 연락을 드리고 찾아뵙기도 하며 지금까지도 감사해하고 있다. 다시 돌아갈 거냐고 물으면 돌아가진 않겠지만, 이미 지나온 길이니 그 시간 동안 느낀 것들을 성장의 경험치로 생각하고 있다.

시간이 지나고 같이 운동했던 동기들을 만났을 땐, "그때 그랬었지."라며 웃으면서 얘기를 했었고 그렇게 결국 인상 깊었던 추억으로 남게 되었다.

이렇게 누구나 한 번씩 트라우마가 생길 만큼 힘든 경험을 했을 것이다. 하지만 그 시간을 고통으로만 생각하지 말고 그 시간이 자신을 성장시켰다고 생각하며 현재의 나에 대한 감사함을 가지고 트라우마를 극복해야 한다.

현재의 인생을 행복하게 살지 못하고 트라우마 속에 갇혀서 나오지 못한다면 자신의 인생은 불행이라는 미로에서 계속 헤매고 있을 것이다. 그 미로에서 스스로 길을 극복해 나가야 한다. 그리고 그 미로를 혼자 나오려고만 하지 말고 주위 사람들에게 도움을 요청할 필요도 있다. 혼자 할 수 있는 건 혼자 해 봐야 스스로 극복하는 법을 깨닫겠지만 세상을 살면서 모든 것을 스스로 극복할 순 없다. 그러니 손을 내밀 줄 알아야 한다. 손을 내밀고 도움을 요청하는 게 결코 부끄럽거나 쪽팔린 일이 아니다. 오히려 그런 걸 할 줄 아는 사람이 더 높게 올라갈 수 있다.

내가 생각하는 트라우마를 극복하는 두 번째 방법은 생각을 멈추고 반복적으로 연습해서 트라우마를 없애는 것이다. 이건 심리적 충격이나 어떠한 사건에 대한 트라우마는 아니다. 공부, 운동, 지능, 외모, 신체, 일 등 스스로 자신의 부족한 것에 대한 트라우마를 극복하는 방법이다. 그중 나는 신체에 대한 트라우마를 극복했었다.

고등학교 1학년 때 이야기다. 그 당시 나는 같이 운동을 하는 애들 중 가장 낮은 체급이었다. 그래서 항상 멸치라는 말을 듣고 살았었다. 멸치라는 말이 딱히 기분이 나쁘진 않았지간 좋게 들리진 않았다. 웨이트를 하는 날이면 우리는 윗옷을 벗고 운동을 하는데 내가 옷을 벗고 운동을 하고 있으면 뒤에서 애들이 수군대면서 나를 보고 비웃는 소리가 들려왔다. 내 몸을 웃음거리로 삼고 시시덕거리는 게 지속되고 시간이 지날수록 뒤에서만 비웃고 놀리던 애들은 앞에서 대놓고 내 몸을 보며 놀리기 시작했다.

그렇게 놀리면서 애들끼리 나에게 별명을 지어 줬는데 내 어깨가 삼각형 같다고 하면서 옷걸이라고 놀렸었다. 몇 달이 지나도록 그 말을 들으니 나는 그게 하나의 트라우마로 자리 잡았었다. 하지만 시간이 길게 지나고 선수 생활을 그만두고 체중의 강박 없이 웨이트를 하면서 몸을 키웠다. 그때 날 놀리던 애들 중 지금까지 몸이 좋은 사람은 한 명도 없고, 정작 그 애들은 현재 몸 관리를 제대로 하지 못하며 살고 있다. 이 트라우마는 얼마 가지 않고 금방 사라졌다.

현재 내가 웨이트를 하는 이유는 단순히 트라우마에 대한 극복도 아니고 비웃던 사람에게 인정을 받으려고 하는 것도 아니다. 앞서 말했듯 내 몸에 대한 컨트롤과 꾸준한 자기 관리를 하자는 내 신념 때문이다.

살아가면서 자신을 까 내리고 비웃는 사람을 만나고 부당한 일들을 당했다면 독한 마음을 먹고 스스로 노력해서 극복해야 한다. 트라우마가 생기고 가만히 있는다면 절대 극복할 수 없고 제자리에 있을 뿐이다. 나는 극복했다. 이런 비웃음거리가 나의 원동력이 됐고 독한 마음을 먹게 했으며 행동으로 옮기고 밟고 올라섰다. 결국 증명이다. 뒤에서 자신에 대해 수군대는 사람들은 무시하는 게 좋다. 자신의 뒷자리, 뒤처진 곳이 바로 그 사람들이 속한 곳이다. 그런 사람들은 그저 여러분을 지켜보는 안티팬일 뿐이다. 우리는 안티팬들에게 관심을 주기보다 자신을 진심으로 응원해 주고 곁에 있어 주는 사람들에게 관심을 가지며 살아가야 한다.

또한 나는 외상적인 충격으로 인해 고등학교 때 신체적 트라우마가 생긴 적이 있다.

고등학교 2학년 때 있었던 일이다. 나는 시합을 뛰다가 상대방에게 허벅지를 3대 맞으면서 허벅지가 파열되고 피가 고여서, 수술을 하고 3개월 동안 재활을 했었다. 지금까지도 내 왼쪽 허벅지에는 수술 자국이 선명하게 남아 있다. 고등학교 3학년 때도 시합을 뛰다가 아랫배를 잘못 맞으면서 방광이 파열되고 간 손상이 좀 있었다. 그래서 1달 동안 아예 움직이지도 못했었다. 2학년 때 허벅지 파열이 됐을 때도, 3학년 때 방광 파열과 간 손상이 왔을 때도, 나는 '내가 다시 운동을 할 수 있을까?'라는 의심도 들었고, 너무 아파서 죽겠구나 싶었다. 아직까지 그런 흉터

들은 트라우마로 조금 남아 있지만, 시간이 점점 지나고 삶을 살아가면서 천천히 극복이 되고 있다.

 또한 요즘 같은 시대일수록 심리적 충격과 외상적인 충격, 정신적 충격으로 인한 트라우마는 SNS의 영향이 크다고 생각한다. 내가 생각하는 이런 트라우마에 대한 극복은 SNS를 줄이고 내 삶에 몰입하는 것이라고 생각한다.

SNS가 하루가 무섭게 발전하고 있고 유명인들의 인스타, 유튜브, 네이버, 뉴스, 소셜 미디어 등을 보면 정말 눈 뜨고 볼 수 없는 수위 높고 악한 악플들이 무수히 많다. 온라인 익명 속에 숨어 말을 가리지 않고 한다. 마녀사냥도 결국 SNS가 발전하고 이런 악플과 선동과 물타기 때문에 생긴 것이다. 핸드폰 속 세상은 우리 세상의 전부가 아니지만 핸드폰 속 비치는 것들로 인해 혐오와 갈등, 선동이 생긴다고 생각한다. 그리고 실제 세상과 핸드폰 속 세상에 대한 혼란이 생기게 된다. 혼란 속에서 판단이 흐려지고 잘못된 걸 인지하지 못하게 될 수도 있고, 온라인 속 갈등과 보는 것들로 인해 트라우마가 생길 수도 있다. 과한 SNS가 우리를 불안하고 비교하게 하고 우울하게 만들게 되고 그게 트라우마로 남을 수도 있다.

하지만 이럴 때일수록 절대 휘둘리지 말고 누구를 폄하거나, 혐오, 선동하지 않아야 한다. 이런 트라우마를 극복할 때는 의미 없이 폰 보는 시간을 줄이고 자신의 삶에 집중해야 한다고 생각한다. 세상의 자연 그대로를 보고, 주변 사람들과 대화하고 만남을 가지며 도파민과 쾌락들을 줄여 나가야 한다. 그렇게 우리 몸의 도파민 체계를 바꾸고 중독에서 벗어난다면 우울과 불안을 없애고 자신에게 집중하며 행복한 삶을 살아갈 수 있다.

베스트셀러 유명 교수, 학자, 연구원, 정신과 의사들의 논문, 뉴스만 찾아봐도 SNS를 끊었을 때 더 행복하고 풍요로운 삶을 살 수 있다는 글이 무수히 많다.

한 예시로 독일 보훔루르대학교 연구팀이 286명의 참가자를 대상으로 실험을 진행했다. 연구팀은 이들을 두 그룹으로 나눴고 한 그룹(140명)은 2주 동안 하루에 20분씩 SNS 사용 시간을 줄였다. 실험 전 이들의 평균 SNS 사용 시간은 1시간으로 1/3 정도를 줄였다. 나머지 그룹(146명)은 평소와 똑같이 SNS를 사용했다. 참가자들은 총 3개월 동안 심리 상태에 관한 설문 조사를 하며 실험을 진행하였다.

연구 결과, SNS 사용 시간을 줄인 그룹은 그렇지 않은 그룹보다 우울 증상이 적었고, 삶의 만족도는 증가했다고 한다. 담배도 더 적게 피우게 되었고, 신체는 더 활동적이게 되었다. 연구팀과 전문가들은 이 연구를 통해 SNS를 많이 사용할수록 타인과 자신을 비교하게 되고 박탈, 상실감을 느끼며 우울증과 트라우마가 생긴다고 했다.

연구를 주도한 줄리아 브라일로프스카아 박사는 "SNS 사용 시간을 의도적으로 줄이면 건강한 생활 습관을 유지하고 기분까지 변화시킬 수 있다."라고 하였다.

나 또한 SNS 사용 시간을 많이 줄여 나가고, 생산적이고, 활동적으로 삶을 스스로 주도하면서 살아가는 습관을 갖게 되었다. 미래에 대한 불안과 인간관계에 대한 공허함, 떠나간 자에 대한 미련과 후회, 그로 인한 여러 트라우마를 없애기 위해 SNS를 줄이고 더 움직이니 목표를 더 뚜렷하게 보게 되었고 심경 변화로 인해 긍정적이고 좋은 생각만 하게 되었으며, 트라우마는 사라지고 삶에 몰입할 수 있게 되었다.

결국 트라우마에 대한 극복은 스스로 통제와 몰입과 휘둘리지 않는 굳건한 마음과 생각의 컨트롤이 조화를 이루어 스스로 나아간다면 가능하다. 세상은 무엇 하나 쉽게 보상을 주지 않는다. 독한 마음을 먹고 변해야 한다. 차갑고 냉정한 사회다. 하지만 그 안에서 인간적인 면모와 따뜻함을 잃어 가서는 안 된다. 우리는 서로를 돕고 교류하고 화합하는 동물이다. 요즘 같은 사회일수록 혼자선 극복하기 힘들다. 주변에 여러분을 도와줄 사람은 분명 있다. 힘들다고 여러분 편인 사람들을 걷어차면 안 된다. 그 행동 또한 시간이 지나 후회로 남고 트라우마로 남을 수도 있기 때문이다.

마지막으로 내가 최근에 극복한 트라우마에 대한 이야기를 말해 보겠다.

20살 시절, 나는 남들 앞에 서서 발표하는 것이 내 트라우마이자 가장 무서웠다. 교수님이 다음 주에 발표 수업을 한다고 하면 나는 일주일 동안 긴장을 한 적도 있고 발표를 할 땐 식은땀이 나고, 얼굴이 빨개지며, 발표 때마다 공황 장애 증상이 생겼다. 하지만 발표가 끝난 후 다음 학생들이 아무렇지 않게 발표를 잘 이어 나가는 것을 보면 '나만 왜 이러는 거지?'라고 생각하며 나 자신이 한심하게 느껴진 적이 있었다. 하지만 나는 계속 도전하며 부딪혔다. 억지로 남들 앞에 서고 억지로 발표를 하며 계속 나아가니 지금은 발표에 대한 트라우마가 사라졌다.

이 트라우마를 없앤 가장 큰 힘은 유명 연예인의 명언이었다. 바로 장도연이다. 이분이 청춘 페스티벌 강연에서 한 명언은 이렇다. "초라한 나 자신에게 실망할 때, 나만 뒤처지는 기분이 들 때 자신에게 거는 주문이 있습니다. '나 빼고 다 X밥이다.'" 나는 이 말을 듣고, 항상 발표를 하기 전 나를 바라보는 다른 사람들은 '다 X밥이다.'라고 생각하며 발표를 했다. 정말 이 말 한마디가 나의 트라우마를 없애 줬다. 항상 발표 전 기죽어 있던 내가 이런 생각으로 마인드셋을 하고 앞에 서니 트라우마가 없어졌다.

트라우마는 피할 수 없는 삶의 일부지만, 그 안에 갇혀 있을 필요는 없다. 트라우마를 떨쳐 내기 위해 노력하고, 극복하는 과정에서 자신을 한 층 더 강하게 만들 것이다.

여러분도 살면서 여러 트라우마가 있겠지만, 노력으로 다 극복할 수 있을 것이다.

4부

태도

삶을 대하는 태도가 자신을 만든다.

행복한 삶을 살아가는 법

신념을 통해 용기를 내며 도전했고 도전하는 과정에서 극복을 했다. 이번은 태도에 대한 이야기다. 극복한 이후의 삶의 태도에 대한 이야기를 할 것이다. 태도라 하면, 가장 먼저 무엇이 떠오르는가? 나는 개인의 특성, 성향을 통해 나오는 행동과 성격의 모양새라고 생각한다. 이것은 살아가면서 후천적으로 다양한 경험(언어, 환경, 오감, 사람)과 자극을 통해 발달한다. 그런 발달은 새로운 정보나 경험을 통해 변화할 수도 있다. 태도는 사회를 살아가면서 개인이 아닌 집단에서 더 중요한 역할을 하고, 태도로 인해 기회를 잡고, 기회를 잃기도 한다.

예를 들면, 면접에서 가장 중요하다고 꼽히는 것은 태도, 말투, 사고방식, 직무 관련성 등이다. 단정한 복장과 밝은 표정, 바른 자세는 면접에서뿐만 아니라, 어디에 있든, 첫인상에 큰 호감을 쌓을 수 있는 무기이다.

그래서 우리는 사회생활 속에서 올바른 태도를 유지하는 것이 정말 중요하다.

우리는 성공을 원한다. 우리가 지금까지 살아온 이유와 삶의 종착지는 성공과 자유다. 원하는 것을 얻기 위해 나아가는 것도 중요하지만, 성공은 태도에서부터 나온다. 인생에서 나에게 찾아오는 기회는 스스로 자신의 길을 창조하고 태도에 따라 잡는가, 놓치는가가 달려 있다. 그리고 그 태도는 당신의 품격을 만들고, 분위기와 얼굴을 만들어 가며, 당신의 미래다.

나는 이 삶에 대한 태도가 얼마나 중요한지 직접적인 경험을 통해 지금까지도 깨닫고 있다.

내가 고등학교 때 일이다. 대학에 대한 운동 스트레스와 체중 감량에 대한 스트레스, 스스로 불만족스러운 경기 퍼포먼스로 인해 슬럼프가 왔었고, 매일 아침, 저녁으로 샤워를 하며 거울 속 내 모습을 봤을 때, 한없이 작아 보이고, 세상에 대한 불만이 되게 많아 보였다. 스스로에 대한 열등감과 부정적인 생각들로 가득 차니 그게 결국 내 얼굴에서까지 티가 났다. 한번은 고등학교 감독님이 나에게 "걱정이 많냐? 얼굴이 많이 야위어 보인다."라고 하셨다. 그렇게 직접적으로 말을 들었을 때 난 '내가 지금 정말 야위었구나.' 깨달았다. 그리고 연속적인 실패로 나는 감독님께 "그만하고 싶습니다."라고 입 밖으로 뱉을 뻔한 걸 겨우 삼켰다. 지금 그만두면 내가 운동선수 생활을 시작하고 쭉 바라본 대학에 갈 수 없기 때문이었다. 나는 그냥 했다. 정말 매일 생각을 비우고 내 운동에만 몰입했다. 생각할수록 부정의 늪에 빠질 것만 같았기 때문이다. 그렇게 결국 원하는 대학에 갔지만, 나는 '그때 지금처럼 생각했다면 과연 내가 그렇게까지 스트레스를 받았을까?' 하는 생각이 들었다.

그땐 간절해서 그랬던 건 알겠으나, 오히려 나를 계속 몰아붙였고, 될 것도 안 되게 만들었다는 생각이 들었다.

하지만 현재는 매사에 감사함을 느끼며 살고 있고, 지금의 실패가 나를 더 큰 성공으로 이끌어 줄 것이라고 생각하며, 주변 의식을 하지 않고, 나아가게 되면서 스스로 그걸 받아들이는 태도를 바꾸니 안 될 것도 되게 하였다. 그리고 한눈에 봐도 얼굴이 좋아졌고, 미래가 기대되는 삶을 살게 되었다.

22살 전역 후 감독님을 찾아뵈었다. 감독님은 나를 보자마자 "얼굴 진짜 많이 좋아지고 밝아졌다. 보기 좋다."라고 하셨다. 그 말을 들었을 때, 고등학교 지난 시절들이 떠올랐고 왠지 모르게 웃음이 나왔다. 정말 생각을 180도 바꾸고, 태도를 바꾸니 다른 사람이 볼 때, 외적으로도 다르게 보인다는 걸 깨달았다.

우리의 표정은 정말 다양하다. 우리는 핵심 감정(분노, 행복, 놀람, 두려움, 슬픔, 혐오, 경멸 등)인 7가지 기본 감정이 얼굴 표정으로 명확하게 드러난다. 그리고 우리 얼굴의 16가지의 근육 조합과 다양성을 통해 사람마다 다르게 표현된다. 누구는 웃을 때 치아가 다 보일 정도로 해맑게 웃는 반면, 누구는 정말 행복해서 웃어도 입만 웃는 사람이 있다. 또한 우리는 미세한 표정도 자주 드러난다. 당황하는 기색을 드러내지 않으려 애써 웃거나 포커페이스를 유지하는 그 순간, 중요한 순간에 긴장을 풀기 위해 숨을 크게 들이마시고 내쉬는 순간, 웃음을 짓지 않으려고 꿈틀대는 입을 드러내는 순간 등, 순간적인 감정 변화나 억제하려는 감정도 각각 짓는 표정이 다르다.

그리고 그 표정과 자신이 하는 생각으로 인해 인상이 달라진다. 우리는 특히 범죄를 저지른 사람의 수배 전단을 보거나, 유명인들이 사고를 쳤을 때 하는 말이 있다. "관상은 과학이다." 여러분은 "관상은 과학이다."라는 말에 동의하는가? 나는 어느 정도 동의한다. 정말 생각하기 나름으로 얼굴에도 영향이 간다고 생각하기 때문이다. 그러니 우리는 웃는 습관부터 들여야 한다.

나는 목표를 위해 나아가는 힘든 과정에서 이런 습관을 가진다. 첫 번째는 그런 과정에서 계속 성장하는 나를 기록한다. 내가 투자한 시간이 쌓이고, 기록했던 것을 봤을 때 확연히 성장한 게 보이니 그것에서 나는 큰 행복을 느낀다. 그리고 그 행복이 나를 또 앞으로 나아가게 하고 힘들고 지치더라도 멈추지 않게 한다.

두 번째는 지나간 것에 후회하지 않는 것이다. 고등학교 시절에 느꼈던 부정적 감정들로 결국엔, 지나간 과거에 대해 후회하며 살았고, 그 후회로 인해 현재에도 제대로 집중하지 못하면서 악순환이 반복되었기 때문이다. 그래서 지나간 것에 후회 없이 현재와 미래만 생각하며 몰입하는 것이다.

세 번째는 자주 웃는 것이다. 옛말 중에 "웃으면 복이 온다."라는 말이 있듯이, 나는 사소한 것에도 자주 웃는 습관을 가진다. 기존에는 거의 표정 변화가 없었지만, 웃는 습관을 가지는 것만으로 긍정적으로 변하게 되었다.

나는 이런 표정과 태도를 바꾸고 행복한 삶을 살기 위해 노력하고 있다.

또한 태도가 당신의 품격을 만든다. 어깨와 허리를 펴고 삐뚤어지지 않은 자세, 여유로운 몸짓, 다양한 표정과 정확한 발음, 눈 맞춤, 시선 처리 등 사람들을 만날 때 이런 태도는 상대방에게 호감을 쌓기도 하고 비즈니스에선 기회를 얻기도 하며, 삶을 살아가면서 정말 중요하다고 생각한다.

유명 사업가들은 비즈니스에서 좋은 협상을 위해 철저한 준비와 정보 수집, 상대방의 비즈니스 분석, 창의적 대안, 자신의 이익을 중요시하게 생각하지만, 태도 측면에서도 굉장히 중요하게 생각한다. 좋은 협상 거래를 위해 하는 태도는 정말 섬세하고 정밀하다. 자신의 신체 중 어디 한 곳이 간지러워도 그곳으로 손을 움직이지 않고, 자세가 불편하더라도 절대 자세를 고치지 않으며, 올곧은 자세를 유지하고, 포커페이스를 유지한다. 상대방에 대한 예의와 격식도 있지만, 좋은 협상 체결을 위한 고도의 기술이라고도 할 수 있다. 그리고 이런 기술은 우리의 삶에서도 적용할 수 있고 우리의 품격을 만든다.

나는 현재는 운동을 통해 체형을 극복했지만 선천적으로 어깨가 살짝 안으로 굽힌 라운드 숄더(Rounded Shoulder Posture)이다. 그래서 앉을 때 자세를 보면 등과 목이 굽어 있었고 남들이 볼 때 자신감이 없어 보였다. 그런 말을 몇 번 들은 후, 스스로 앉는 자세도 어느 정도 신경을 쓰고 있다. 지금은 신경 쓰지 않아도 습관이 되어, 앉을 때 어깨와 허리를 펴게 되니 스스로 자신감이 더 생기고 주변에서 자세로 인한 칭찬도 듣게 되었다. 그리고 그런 자신감 있는 태도로 도전을 하면서 원하는 목표나 버킷 리스트도 이루게 되었다.

나는 이런 태도를 통해 깨달은 것이 있는데, '척하면 된다.'이다. 저런 태도는 사실 척을 한 것이다. 이미 이룬 척, 자신감 있는 척 등 그냥 하는 척을 할 뿐인데 그게 정말 실제가 되어 이뤘고, 자신감이 생기게 되었다. 이런 '척하면 된다.'라는 마인드가 행복한 삶을 사는 방법 중 하나가 되어 있었다.

"돈 한 푼 없어도 부자인 척하면 부자가 된다."라는 말이 있다. 이 말은 단순 허세나 자기기만이 아닌 뇌 과학자들과 심리학자들의 연구를 통해 나온 결과다. 뇌 과학에서 자주 언급되는 원리 중 하나는 뇌는 '현실'과 '상상'을 구분하지 못한다는 것이다. 대표적인 실험으로 하버드대학교의 피아니스트 실험이 있다. 연주자들을 두 그룹으로 나누어 한쪽은 실제로 피아노를 치게 하였고, 다른 한쪽은 피아노를 치는 '상상만' 하게 했다. 일주일 후 두 그룹의 뇌를 스캔하자, 놀랍게도 두 그룹 모두 '손가락 운동 영역'이 거의 동일하게 발달해 있었다는 것이다.

이 원리를 돈과 부의 개념에 적용하면, '나는 가난하다.'라는 생각을 반복하게 되면 우리 뇌는 '가난한 현실' 쪽으로 뇌를 발전시키고 행동을 유도하게 된다.

하지만 반대로 '나는 이미 풍요롭고 부자의 삶을 살고 있다.'라고 스스로 내면에서 반복하면, 뇌는 그 상태에 맞는 감정과 행복, 판단을 자동으로 불러오게 된다. '부자인 척'의 생각이 우리의 신경 회로를 세팅하게 되는 것이다. 이것은 연기가 아닌 우리의 미래 시뮬레이션과도 같다. 우리 뇌에서 생각하는 정체성에 따라 사고방식과 행동을 조정하는 것이고, 그 시뮬레이션을 현실로 가져오기 위한 하나의 마인드셋이다.

하지만 이것이 과해지고 생각을 직접 실행으로 옮기지 않는다면, 그것은 그저 '리플리증후군(현실을 부정하고 허구의 세계를 진실이라 믿고 상습적으로 거짓된 말과 행동을 반복하는 것)'에 불과하다. 이것은 허언증, 망상 장애, 인격 장애, 자기애성 등의 정신 질환일 뿐이다. 그래서 미래 시뮬레이션에 대한 행동과 노력, 실천이 정말 중요하다. '척하면 된다.'라는 마인드를 가지고 있으면서, 우리는 스스로 '메타 인지'를 해야 하며, 말만 하는 사람, 생각만 하는 사람이 아닌, 행동으로 옮기는 사람이 되어야 한다.

나는 이런 태도와 마인드를 통해 행복한 삶을 살기 위해 노력하고 있다. 결국 삶을 바꾸는 힘은, 내가 어떤 태도로 세상을 대하고, 받아들이느냐에 달려 있다. 지금 이 순간의 태도가 당신의 미래다.

무엇을 하든 진심으로 해라

우리는 삶을 살아가며 보통 본업과 관련된 것만 진심으로 한다. 그리고 매사에 진심으로 임하지 않고, 흘러가는 대로 사는 사람들도 많다. 하지만 나는 무엇을 하든 정말 진심으로 임해야 하는 자세를 갖추어야 한다고 생각한다. 그게 취미, 본업, 놀이, 일상 등 뭐가 됐든 항상 진심인 태도를 가져야 한다는 것이다.

나는 그게 자신의 새로운 본업이 되거나, 부업이 될 수도 있다고 생각한다. 예를 들어, 주식을 처음 시작할 때 그냥 호기심으로 잃어도 상관없는 적은 금액으로 투자했던 것뿐인데, 공부를 하고, 종목과 관련된 뉴스를 찾아보고, 금액을 늘리기 시작하면서 깊게 파고든다면, 그게 하나의 부업이 될 수도 있다. 아니면 자신이 하는 취미를 진심으로 해서 부업으로, 본업으로 만들어 갈 수도 있다.

나는 주식을 20살 때 본격적으로 시작했다. 비록 적은 금액일지라도, 돈을 소중히 대하며 투자를 했다. 처음엔 우리 엄마가 알려 주셨고, 점점 시간이 지나면서 스스로 주식에 대해 공부를 하기 시작했다. 공부를 하면 할수록, 관련 종목 뉴스를 보면서 세상에 대한 눈을 넓혀 갈수록, 더욱 많은 궁금증이 쌓여 갔고, 주식에 대해 흥미를 점점 가지게 되었다. 그렇게 처음 내가 투자한 종목에서 수익을 냈을 때는 알 수 없는 도파민과 행복이 몰려왔다. 하지만 내가 옛날부터 늘 가져왔던 신념 중 하나는 "세상에 공짜로 돈을 벌 수 있는 건 없다."였다. 그래서 지금 내가 하는 주식을 도박처럼 받아들이면 절대 안 된다고 생각했고, 엄마도 주식을 알려 주시면서 가장 먼저 나에게 이 말을 해 주셨다. 이 말은 내 머릿속에 지금까지도 깊게 박혀 있다. 처음 수익을 낸 건 내가 공부하고 주식에 쏟은 시간의 첫 보상이라고 생각하며, 나는 계속 주식이라는 분야에 더 시간을 썼다.

그리고 현재, 주식을 시작한 지 3년이 되어 간다. 꾸준히 군대에서도, 전역 후 지금도 공부와 관련 뉴스를 찾아보니, 나의 부업으로 자리 잡게 되었다. 수익도 수익이지만, 그 기업이 어떤 기업이고, 무슨 일을 하고, 그 일이 세상에 어떤 이점과 편리함, 발전을 가져다주는지, 우리 일상에서 어디까지 영향이 가는지 등 세상을 더 넓고 깊게 볼 수 있는 지식을 쌓게 되었다. 나는 이게 투자에서 얻은 돈보다 더 중요하다고 생각한다.

그리고 내 주변에 나와 다른 종목 운동을 한 형이 있다. 그 형은 특수목적고에 다니면서 운동선수를 했었다. 하지만 운동선수라 수업은 잘 듣지 않았고, 운동에만 몰입을 했었다. 그러던 중 그 형의 담임 선생님은 형에게 "너 운동만 해선 앞으로 살아가기 힘들다. 지금이라도 시간 조금씩 내고 수업 들으면서 컴퓨터 활용 자격증이라도 따라."라고 하셨고 그 말이 형의 새로운 길을 열게 된 시발점이 되었다. 한번은 카페에서 만나서 나에게 이런 얘기를 해 줬다. "형은 운동선수를 계속해서 할 자신이 없다. 그래서 미리 다른 길도 준비를 해야 할 것 같다."라고 말이다. 그 말을 하고 난 뒤에 운동하면서 공부도 틈틈이 병행해서 컴퓨터 활용 2급 자격증을 취득했다.

　그 후에는 지인분 중에 컴활 강사로 활동하시는 분이 있어서 그 지인을 통해 강사 일을 배웠고, 현재는 1급도 취득해서 강사로 활동하고 있다. 그 형은 미래를 위해 운동 말고 다른 것도 미리 준비를 했고, 운동에 대한 계획이 틀어지자 바로 자신의 자격증을 활용하여 강사로 활동한 것이다.

　또한 그 형의 아버지께서 온라인 옷 사업을 하고 계셔서, 바로 온라인 사업 쪽 일도 배웠고, 현재는 부업으로 온라인 쇼핑몰까지 운영하고 있다. 이 형은 정말 어렸을 때부터 매사에 뭘 하든 진심으로 했었고, 그게 큰 스노우 볼로 작용해서 본업과 부업으로 만들어 나갔다.

　나는 이 형의 태도에 대해서 많이 배웠고, 내가 운동 말고 다른 도전을 할 때 큰 도움이 되었다. 이렇게 처음엔 호기심, 취미였던 것들이 우리의 부업이 될 수도 있고 본업이 될 수도 있다. 책을 만들겠다고 마음을 먹고 글을 쓰는 과정에서도 큰 도움이 됐다. 그래서 무엇을 하든 진심으로 임해야 한다고 더욱 생각하고 있다.

　이렇게 진심으로 대하는 태도를 가지는 것이 본업과 부업의 연결 포인트가 되기도 한다.

　또한, 여러분이 생각했을 때 이렇게 진실된 태도가 직업과 연결되는 것도 있지만, 다른 이점은 뭐가 있다고 생각하는가? 나는 진심으로 하는 태도가 자신의 능력치를 전체적으로 올려 준다고 생각한다. 예를 들면, 운동을 진심으로 하면 신체의 능력치가 오르고, 공부를 하면 지식의 능력치가 오르는 것이다. 그리고 삶을 살아가면서 얼마나 몰입하는가에 따라 같은 걸 봐도 각각 다른 양을 흡수한다고 생각한다.

　하지만 살다 보면 어떤 분야에서든 천부적인 재능이 있어서 월등히 잘

한다고 생각하는 사람들이 있다. 물론 재능을 찾고 그 재능을 살려서 살아가는 것도 중요하지만, 정말 내가 노력한 게 다 물거품이라 느껴질 정도로 벽을 느끼게 되는 경우가 있다. 그래서 의지가 꺾이기도 하고, 포기하고 싶어질 때가 있다.

21살 때의 이야기다. 한창 경찰특공대 시험을 위해 군대에서 토익(TOEIC) 공부를 하고 있었다. 일과가 끝나고 운동을 한 뒤에 점호를 마친 후 저녁 10시가 되면, 나는 토익 공부를 2시간씩 했었다. 학창 시절에 운동선수였기 때문에 공부를 안 해서 20살 때 영어 기초를 다지고 이제야 토익 기초를 시작했었다. 너무 어려웠다. 정말 뭐라고 하는지도 모르겠고, 문제를 봐도 모르겠으니 지루하그, 포기하고 싶었다.

우선은 귀 뚫기라고 영어 문장을 계속 반복적으로 듣고 귀를 뚫는 방법이 있었다. 바로 실행했다. 하지만 지금 생각해 보면 내 영어 레벨이 10점 만점에 3점이라고 하면, 한 7점짜리 문장을 듣고 있었다. 그래서 귀가 뚫리지 않았다. 천천히 레벨을 올려야 했는데 메타 인지가 안 됐었다. 그렇게 혼자 공부하다가 2살 많은 형이 나에게 와서 토익 공부 중이냐고 물었고 나는 맞다고 했다. 형은 나에게 우선 영어 기초부터 탄탄하게 잡는 걸 추천한다고 했고, 자기는 그렇게 해서 토익 850점까지 올렸다고 했다. 나는 고맙다고 했지만 피드백을 수용하지 않고, 계속 내 방식대로 공부하다가 시험을 쳤다. 점수는 510점. 높은 점수도 아니고 내가 목표한 650점에는 한참 미치지 못했다.

그리고 문득 그 형의 토익 점수가 떠올랐고, 나는 내가 재능이 없다고 생각하면서 동시에, 그 형이 언어의 영역에서 천부적인 재능을 가지고 있다고 생각했다. 하지만 지금 생각해 보면 내 방법이 잘못됐고 집중의 문제도 있었다. 알지를 못하니 집중이 안 됐고, 집중을 안 하니 그냥 가만히 앉아서 시간만 흘려보낸 것이다.

심리학자 K. Anders Ericsson이라는 분이 '단순히 반복하는 것(=그냥 하는 것)과 의도적으로 목표를 가지고, 피드백과 수정이 있는 집중된 연습의 차이'라는 연구를 해서 논문을 작성하였다.

이 심리학자의 연구는 사람의 성과가 천부적 재능이 아니라 반복적으로 집중해서 수행되는 의도적 연습에 의해 형성된다고 주장하였다. 그렇게 실험이 시작되었다.

이 실험은 클래식 음악가들을 대상으로 수년간 조사하여 일반 반복 연습과 의도적인 집중의 차이를 밝혔고, 통계 분석의 결과는 단순 연습을 한 음악가보다 의도적으로 목표를 가지고 집중해서 연습한 음악가가 훨씬 빠른 발전과 좋은 성과를 냈다고 한다.

즉, 그냥 하는 연습은 몰입 없는 반복이었고, 집중해서 하는 연습은 목표에 몰입하고 스스로 피드백을 하며, 성장해서 더 좋은 성과를 냈다.

그냥 하는 연습 = 자동적 반복.
진심으로 집중해서 하는 연습 = 목표 → 피드백 → 성장 → 좋은 성과.

결국 각자 재능과 가지고 있는 잠재력의 차이는 있겠지만, 노력으로 못 따라잡을 정도는 아니라고 생각한다. 어디 몸 한 군데 이상이 있거나 불편하지 않은 이상 할 수 있다. 어떤 분야에서 가장 높은 부와 권력을 가진 자들도 '사람'이기 때문이다. 그래서 각자 얼마나 몰입하고 있는지에 따라 '보는 만큼 보이고, 듣는 만큼 들린다'고 생각한다. 살면서 자신이 무엇에 재능이 있는지 찾고, 재능이 있다고 생각하는 분야를 깊게 접하면서 노력과 진정성이 곁들여진다면, 성공할 수 있을 것이다. 중요한 건 자신의 재능이 뭔지를 찾는 것이다.

이렇게 진심으로 하는 태도로 인해 같은 것을 배우고, 듣고, 겪어도 더 많이 흡수하고, 자신의 것으로 만들어 갈 수 있다. 그래서 매사에 진심으로 열정을 가지고 해야 할 필요가 있다고 느낀다.

또한 놀 때도 마찬가지다. "놀 땐 놀고 할 때 하자." 정말 좋은 말이다. 놀 때도 진심으로 놀고 후회 없고 여한 없이 놀아야 다시 본업을 하거나 일을 해야 할 순간이 되었을 때, 흔들리지 않고 오히려 더 집중해서 나아갈 수 있다고 생각한다.

노는 도파민은 우리가 무언가 목표에 도달하거나 성취감으로 오는 도파민보다 훨씬 쉽게 접근하고 느낄 수 있으나 쉽게 중독에 빠진다. 왜냐하면, 무언가 노력해서 찾아오는 행복감이 아니기 때문이다.

그래서 그걸 절제할 줄 알고 현실의 목표에 집중해야 한다. 그런 스스로를 컨트롤할 수 있는 능력이 있고 매사에 진심으로 임한다면, 자신이 가지고 있는 능력치는 점점 더 올라가 있을 것이다.

이런 태도로 인해 나는 스스로 더 나은 사람이 되었다고 생각한다.

사랑에 대한 태도와 노력

삶에 있어서 정말 어렵고, 신중하게 판단해야 하는 것들이 있다. 여러 분은 정말 신중하고, 때로는 까다롭게 판단해야 하는 게 뭐라고 생각하는가? 나는 사랑이라고 생각한다. 잘 맞지도 않는 연인에게 자신을 잃어 가면서 맞춰 주고, 자신이 생각하는 삶의 우선순위를 제쳐 두고 연인에게 집중하다가 시간을 잃기도 하고, 트라우마가 생기기도 하며, 큰 후회를 쌓기도 한다. 그게 어쩌면 경험이 될 수도 있고, 자신만의 연애 데이터로 쌓일 수도 있겠지만, 좀 더 신중해져야 한다고 생각한다.

우선 미리 말하자면, 나는 현재 23살이 되는 기간 동안, 연애를 제대로 길게 해 본 적이 없다. 몇 번 만난 적도 없고, 나의 연애 가치관과 신념은 개인 시간에 대한 고려(공부, 운동, 일, 취미 생활 등), 서로 삶의 1순위가 연인이 아니었으면 하는 생각, 잘 맞는 대화, 같이 미래를 꾸려 나갈 수 있는 나의 비전과 상대의 비전, 절대 가볍게 생각하지 않는 태도, 여러 사람을 만나고 싶지 않은 생각, 언젠가 만날 사람이 연애에서 결혼으로 쭉 이어지고 싶은 마음(결국 돈, 감정, 시간 등 애매하게 쓰고 싶지 않은 것), 마지막으로 진실된 마음 등 너무 생각이 많아져서 지금까지도 시작을 하지 못했다. 그리고 이런 생각에 있어서, 가치관과 신념과 내가 생각하는 이상형에 맞는다면 정말 많이 노력해야 한다고도 생각이 들었다. 비록 내가 생각한 이상형은 나를 이상형이라 생각하지 않더라도, 그런 사람이라면 정말 많이 노력해서 잡았을 것이다. 하지만 지금까진 없었기 때문에 시작하지 않았다.

젊은 나이에는 여러 사람 만나 보고, 자신만의 연애 데이터를 쌓아서, 잘 판단해야 한다고 주변에서 말을 해 주곤 한다. 특히 20살 이후에 주변에서 연애를 시작하는 사람들이 정말 많았고 이 사람, 저 사람 만나는 사람들이 많았지만, 내가 생각하는 연애 가치관이랑은 너무 맞지 않았다. 굳이 시작하지 않아도, 다른 사람들이 연애를 시작하고 어떻게 끝이 났는지 너무 많이 듣다 보니, 그걸 통하 나도 나만의 연애 데이터가 간접적으로 더 생기고 있었다.

내가 이 책에서 사랑에 대해 하고 싶은 말은, 정말 신중하게 생각하고 좋은 사람을 만나고 시작했다면, 자신의 삶을 충실히 살면서 사랑에 대해서도 노력을 해야 한다는 것이다. 서로 좋은 사람을 찾기가 생각보다 정말 힘들다. 결국 만나다 보면 갈등이 생기고, 서로 다른 가치관이 부딪히기 때문이다.

그리고 연애하기 전, 서로 알아 가는 단계이거나, 연애 직후의 상대방이 연애를 가볍게 생각하거나 단순 욕정 때문에 연애를 시작했다고 생각한다면, 나중을 위해 끊어 버리는 게 정신적으로, 삶에 있어서 정말 좋다.

쇼펜하우어의 명언 중, "사랑의 본질은 성욕이다."라는 말이 있다. 그의 말에 따르면 사랑은 성욕이고 번식의 욕구라고 한다. 사랑은 욕구와 동기에 더 가깝고, 뇌 활동도 욕구 영역에서 처리된다는 주장을 한다. 나는 이 말에 조금 공감한다. 좋아하는 사람이 생기면 당연히 스킨십을 하고 싶은 감정이 몰려오기 때문이다. 하지만 그런 단순히 욕정을 해결하기 위한 연애는 길게 가지 못한다. 그렇게 연애하다가 3달을 넘기지 못하고 헤어진 경험담들을 주변에서 많이 들었다.

하지만 정말 순애(순수한 사랑, 순정, 애정)를 가지고 연애를 하는 사람도 있다. 나 또한 그런 사랑을 훨씬 좋게 생각한다. 정말 자신이 좋아하는 사람과 즐거운 대화, 깊은 대화, 일상적인 대화 등 많은 대화를 나누고, 풍경 이쁘고 분위기 좋은 곳에 데려가서 좋은 추억을 만들어 주고 싶고, 맛있는 음식을 먹고, 같이 붙어 있는 것 자체로 삶에서 힐링이 되는 연애가 진정한 사랑이라고 생각한다. 그렇다고 플라토닉 러브(Platonic love)나, 혼전 순결을 말하는 것은 아니다. 진정한 사랑에 있어 우선시되는 것이 결국 저런 것이라고 말하는 것이다.

나에게 온 사람들 중에서는 정말 내가 생각하는 연애를 하려는 사람이 없었다. 그리고 내가 진정으로 좋아했던 사람들은 나를 밀어냈고, 닿을 수 없는 벽을 만들었다. 나는 스스로 연인 복이 좋지 않다고도 생각을 했고, 보는 눈이 좋지 않다는 생각이 들었다. 그래서 사랑의 시작이 가장 두렵고 무섭다. 어쩌면 이성에 대한 트라우마가 좀 있는 걸지도 모르겠다. 그래도 사랑을 절대 안 좋게 생각하지는 않는다. 사랑으로 인해 책임감을 가지게 되고, 성숙해지며, 삶을 살아가는 데 있어 원동력이 될 수도 있기 때문이다.

20살 때 이야기다. 나는 대학교 1학년, 1학기 방학 때 운동을 그만두고 2학기 시작 전까지 서빙 알바를 했었다. 그때 만난 3살 연상 누나가 있었다. 그 누나는 나에게 "안녕하세요, 오늘 처음이죠?"라고 했고 나는 그렇다고 했다. 그 누나는 알바 첫날부터 나에게 엄청 친절하게 일을 알려 줬고 덕분에 금방 잘 적응해서 즐겁게 일할 수 있었다. 그렇게 일을 하면서 그 누나랑 점점 친해졌고, 인스타도 서로 팔로우하며, 먼저 연락이 와서 사적으로도 연락하며 친하게 지내게 되었다. 그러다 그 누나와 누나의 지인분이 술을 먹고 있었고, 그 누나는 같이 술 먹자고 하며 나를 불렀다. 그때 시간은 저녁 9시였고, 나는 그래도 알바를 하면서 처음으로 친해진 사람이라 생각해서 그 누나가 있는 쪽으로 갔다.

내가 그 술집에 도착했을 때는 이미 누나와 누나의 지인분 둘이 술 4병을 먹었고, 누나는 많이 취해 보였다. 나는 일단은 합석을 해서 술을 같이 먹으며 대화를 했다. 1시간 반 정도가 지날 때쯤, 누나의 지인분은 화장실에 갔고, 그 누나는 나에게 "너는 근데 나한테 왜 연락하고, 왜 여기까지 온 거야?"라고 했고 나는 "저는 알바하면서 이렇게 친해진 사람이 처음이라 신기했고, 한번 알바하는 시간 외에도 만나면 재밌겠다고 생각했어요."라고 말했다.

그러자 그 누나는 내 어깨에 기대면서 살짝 실망한 듯한 목소리로 "그렇구나…. 너는 그냥 단순 호기심이었구나. 나는 너한테 호감이 많이 생겼는데."라고 했다. 나는 이 누나가 내 어깨에 기대는 것도 당황하였었는데, 그런 말까지 들으니 더 당황했었고, 술을 먹고 이런 말을 하는 건 진심이 아니라고 생각했다. 그리고 화장실에 간다고 한 지인분은 술집에 들어오지 않았고, 나는 본능적으로 '그 지인분은 집으로 갔구나. 이 상황을 만들고 떠났구나.'라고 생각했다. 그런 감정이 드니 괜히 괴리감이 들었고 얼른 집에 가고 싶었다.

이 누나는 술에 많이 취해서 일단 계산하고, 집에 데려다주기 위해 그 누나를 부축하며, "집 어디예요? 제가 데려다줄게요."라고 했고 그 누나는 아무 말 없이 갑자기 내 손을 잡고, 어디론가 향했다. 갑자기 손까지

잡으니 나는 순간 뇌 정지가 왔었고, '이게 맞나?'라는 생각이 들었다. 그리고 그렇게 향한 곳은 그 누나의 자취방이었다. 나는 그 누나를 집까지 데려다줬고, 밖에서 그 누나가 집 안에 들어가는 걸 보고, 계단에서 택시를 잡은 뒤, 건물 밖에서 택시를 기다렸다. 그런데 갑자기 그 누나가 밖으로 나와 "너 택시 타는 거 기다려 줄게."라고 말하며 같이 기다렸다. 그렇게 정적의 시간 속에서 택시는 도착했고 타려는 그 순간 그 누나는 나에게 "너 그래서 안 자고 갈 거야?"라고 말했고 나는 "저 얼른 집 가야 돼요, 죄송해요."라고 말하며 택시를 타고 집에 도착했다.

일도 친절하게 알려 주시고, 고마운 게 많은 사람이었지만, 이 일이 생기고 난 뒤에, 나는 바로 그 알바를 그만두고, 그 누나를 아예 끊어 냈다.

그리고 20살 대학교 1학년 2학기를 다니며 있었던 일이다. 고깃집 알바를 했을 때 항상 같은 파트타임에 일을 했던 21살 누나가 있었다. 그 누나도 나에게 친절하게 알려 줬고, 되게 유쾌하고, 착해서 금방 친해졌다. 그 누나랑도 인스타 팔로우도 하고, 먼저 연락이 와서 사적으로 연락하며 지냈다. 한번은 일 가기 전에, 카페에 갔다가, 밥 먹고 같이 출근한 적도 있고, 그 누나의 집과 내 자취방 거리도 그렇게 멀지 않아서, 일 끝나면 같은 방향으로 가다가 각자 집으로 갔다.

그리고 시간이 좀 지나고 그 누나는 알바 쉬는 날에 같이 술을 먹자고 했고 나는 알겠다고 했다. 같이 술 먹으면서 대화를 하는데 대화도 잘 되고, 너무 재밌어서 시간 가는 줄 모르고 대화를 했다. 그렇게 술을 먹고 집 가는 길에 그 누나는 나에게 "너 오늘 내 집에 올래?"라고 했고 나는 대화도 재밌고 더 얘기하고 싶어서 알겠다고 했다. 나는 그 선택을 하면 안 됐었다. 누나 집에 도착하고 이런저런 얘기를 더 하다가 나는 시간이 많이 늦어서 이제 집에 가겠다고 했는데 그 누나가 나를 붙잡았다. 그리고 "오늘 여기서 자고 가."라고 했고 나는 저번 일에 대한 생각 때문에 이 누나에게도 괴리감을 느꼈다. 나는 붙잡은 누나의 팔을 떼고 "안 돼요, 아닌 거 같아요."라고 단호하게 말을 하고, 내 자취방으로 다시 갔다. 그 후 나는 군 입대 면접 준비 때문에 알바를 그만뒀다.

20살 초반에는 내가 좋아했던 나와 동갑인 친구가 있었다. 그 친구는 내 학창 시절 동창이었고, 그 시절 엄청 친하지는 않았지만, 어느 정도 친하게 지냈었고, 같은 반이 된 적도 있었다. 나는 그 시절 생각이 많이 나기도 했고, 친구도 많이 사라졌고, 미래에 대한 고민이 깊었던 시기였기에 반가운 마음과 근황도 궁금한 마음에 그 친구에게 먼저 연락을 했다. "잘 지내?" "오랜만이다! 나 잘 지내지! 너는?" "나도 잘 지내지!" 어색한 첫 인사가 끝나고 나는 대학, 근황, 전공 등 여러 궁금한 것들을 물어보며 대화를 주고받았다. 그 친구는 예전과 똑같이 착하고 성실하며, 늘 다정한 친구였다. 내가 담배를 피우려고 했던 걸 막은 친구도 이 친구였다. 이 친구는 영어 쪽에 관심이 많았고 나 또한 영어에 관심이 많아지기 시작했었다.

나보다 훨씬 영어도 잘했고 내가 잘 모르고 어려워했던 영어도 잘 알려 줬었다. 더 나아가 취미, 가치관도 나와 비슷했다. 그런 대화들을 나누고 나와 비슷한 모습이 있다는 생각이 들었고, 그때부터인가 좋아하는 마음이 생겼다. 내가 친한 친구에 대한 트러블을 해결할 용기를 준 것도 이 친구였고, 덕분에 여러 도움을 받았다. 하지만 시간이 지나면서 이 친구의 연락은 점점 뜸해졌고 나를 떠나갔다. 삶은 목적지가 아닌 여정이지만, 나는 말도 하지 못한 채 끝에 도착했다. 나에게 큰 여운을 주고

갔던 그 사람은 잊으려고 해도 잊히지 않던 사람이었고, 아무 말도 못 한 나 자신이 초라했었다.

사실 나는 현실을 부정한 채, 그 시절 좋은 추억에 잠겼던 걸지도 모른다. 큰 고민 없이 지냈었고, 그때처럼 친하게 지내면서 낭만을 찾으려 했던 것일 수도…. 현재, 그 친구를 잊은 지는 어느새 2년이 넘어가지만, 그 여운은 지금까지도 조금 남아 있다.

이런 일은 나에게 세 번만 찾아온 게 아니다. 이런 비슷한 이야기가 더 있었고, 나는 그런 일 이후 연애를 하고 싶다는 생각이 사라졌었다. 지금은 상관없지만, 불과 2년 전까지만 해도 이제는 그만해야겠다는 생각이었다. 하지만 2025년 큰 심경 변화가 생긴 이후로는 다시 내가 생각하는 진정한 사랑을 하려고, 내 삶의 꿈과 자기 관리, 취미에만 집중하며 살고 있다. 결국 더 나은 사람이 되어야겠다고 생각했고, 더 신중하게 판단해야겠다고 생각했기 때문이다.

나는 사랑도 노력해야 한다는 말을 전혀 공감하지 않았다. '이 세상에 노력하고 집중해야 할 게 얼마나 많은데 사랑까지 노력해야 한다고?'라는 생각을 가졌기 때문이다. 하지만 사랑을 시작하기 전부터, 시작하고, 사랑하는 과정까지 전부 다 노력해야 한다는 것을 책과 심경 변화를 통해 공감하게 되었다. 나를 위해, 성공을 위해 열심히 살고 있지만, 정말 좋은 사람을 만나 앞으로 함께 좋은 인생을 꾸려 나가기 위한 가치관도 생긴 것이다.

사랑하는 단순한 마음이 아닌, 서로를 이해하고 존중하는 과정을 거쳐서 서로 발전하고, 도와주며 세상에 둘도 없는 사람이 되는 것이다. 또한 그 과정에서 상대방과 다른 가치관을 맞춰 가는 노력, 서로의 생각과 감정을 공유하고 소통하는 노력, 사랑을 정말 가볍게 대하지 않는 태도가 핵심이라고 생각한다.

여러분도 사랑을 결코 가볍게 생각하지 말고 한번 깊게 생각해 볼 필요가 있다.

우리나라 이혼율 통계를 보면 무려 47%나 결혼 후 이혼을 한다는 결과가 있다. 무려 절반 가까이 이혼을 하는 것이다. 이혼 사유를 보면 정신적, 육체적 학대, 가족 간 불화, 배우자 부정(신뢰, 정서적, 신체적, 감정적 충격 등), 경제 문제, 성격 차이가 있다.

경제 문제를 제외한 나머지 4개의 사유를 보면 결국 맞지 않는 사람과 트러블이 생기고, 서로의 생각과 의견 충돌이 대부분이다. 그래서 정말 신중하게 생각해야 하고, 비슷한 가치관과 신념을 가진 사람을 만나야 한다.

그리고 이런 이유보다 더 큰 현실적인 이유인 경제 문제를 극복하기 위해서는 자신의 삶에 충실하고 집중해서 살아야 한다는 것이다. 추상적인 꿈을 꾸고 나아가더라도 그 꿈을 이루기 위해 노력해야 한다. "깨져도 조각이 크다."라는 말이 있듯이 큰 꿈에 실패해도 그걸 도전했다는 큰 경험과 실패가 나중에 언젠가 빛을 발휘할 것이다. 능력이 있으면 돈이 따라오고, 능력이 있으면 경제 문저가 생기기 전에 안정적으로 삶을 살아갈 수 있다고 생각한다.

우리의 배움은 끝이 없기 때문에 계속 배우고, 공부해야 한다. 그리고 그 쌓인 지식의 양은 경제적 힘듦을 느끼기 전에 문제를 해결해 줄 것이다.

또한 우리나라는 현재 고령화 사회오- 저출산 국가 1위를 차지하고 있다. 그리고 예전에는 연애-결혼-출산이 자연스러운 인생 루트였지만, 현재 20~30 세대는 비연애, 비혼주의자가 점차 늘어나고 있다. 연애가 설렘이 아닌, 노동이라고 생각하는 사람도 있고, 에너지 소모라고 생각하는 사람도 있으며, 개인이 바쁜 와중에도 시간을 쪼개서 해야 한다는 생각에 연애 또한 업무라고 생각하는 사람들도 있다.

그리고 요즘 시대는 혼자서도 즐길 수 있는 것들이 너무나도 많이 생겨났다. 넷플릭스, 유튜브, 혼술, 혼자 여행, 혼밥, 혼자 즐기는 문화 등 혼자라고 외롭거나 결핍된 느낌이 들지 않는 것이다. 「나혼자산다」라는 TV 프로그램이 있다. 현재까지도 많은 사람들에게 사랑받고 있으며, 2018년부터 2019년까지 무려 14개월 동안 '한국인이 좋아하는 TV 프로그램 1위'를 차지했다.

또한 결혼을 했을 때 경제적 부담, 역할에 묶인 삶, 스트레스 등 결혼=행복이라는 공식이 통하지 않는 것이다. '나 살기도 바쁘고 힘들어 죽겠는데 이걸 감수하면서까지 꼭 해야 해?'라고 생각하는 것이다.

정말 문제지만 나도 어쩌면, 저렇게 생각하는 20~30 중 한 명이라는 생각이 들었다. 가치관, 신념, 이런 걸 넘어서 좀 더 현실적으로 이런 효율을 따지는 생각 때문에 시작을 두려워하는 것이다.

이렇게 사랑은 정말 복잡하고 사랑을 생각하는 태도도 정말 다양하다. 내가 생각하는 사랑은 결국 이런 것이다. 나는 누군가를 위해 나를 희생하면서, 나를 잃어 가면서 맞춰 줄 생각이 없다. 그리고 이성을 쫓지도 않고, 휘둘려 줄 생각도 없다. 결국 내 삶의 0순위는 가족이고, 1순위는 내 삶의 성장이며, 2순위는 직업과 취미이기 때문이다.

하지만 한편으로는 외로울 때도 있고, 실시간으로 내 사람이 없어질수록 공허하다. 나는 고독을 즐기지만 한 번쯤은 그 공허함이 내가 삶을 살아가는 이유들을 희미해지게 만들기도 한다. 그래도 내 꿈을 이뤄 성공하고, 언젠가 만날 사람과 좋은 가정을 꾸린 뒤에 내 자식들은 내가 느낀 고통을 겪지 않고 하고 싶은 거 다 하면서 자유롭게 살게 해 주기 위해, 매일 노력하며 살아가고 있다.

가진 것들을 대하는 태도가
당신의 가치를 만든다

여러분은 자신이 가지고 있는 모든 것들을 하나도 빠짐없이 아끼고, 사랑해 주는가? 정말 사소한 것을 대하는 태도가 당신의 가치를 만든다. 지금 입고 있는 옷, 살고 있는 집, 물건 등 자신이 가지고 있는 것들을 대하는 태도가 당신의 이미지를 만든다.

나는 내가 가진 물건들을 절대 막 쓰고 버리지 않고, 정말 아끼면서 쓰고, 잊어버리지 않으며, 보관한다.

내가 쓰는 에어팟은 이제 2년이 넘었다. 비행기 안에서 에어팟과 안대를 끼고 자다가 도착할 때쯤, 안대를 벗었는데 에어팟 한쪽이 떨어졌다. 나는 끝내 찾지 못하고 비행기에서 내렸다. 그래서 2달 넘게 에어팟 한쪽만 착용하며 살고 있다. 한쪽만 착용하는 게 불편하기도 하고 뇌에 더 좋지 않다고 느끼지만, '나머지 한쪽 고장 날 때까지만 쓰자.'라는 마음으로 꾸준히 쓰고 있다. 불편하긴 하나, 굳이 새로 사서 돈을 쓰고 싶지 않았다.

내 지갑은 사용한 지 8년이 지났고, 안경도 착용한 지 5년이 지났다. 지갑은 관리를 잘 해서 허름해지지 않았지만, 안경은 기스도 나고, 안경테도 3번이나 부러져서 현재는 안경테가 살짝 비대칭인 상태로 쓰고 있다. 이걸 바꿀 돈이 없어서 못 바꾼 거다? 아니다. 본질적으로 안경은 낀 상태에서 시력을 보완해 주기만 하면, 조금 불편해도 상관없다고 생각하기 때문이고, 지갑은 카드, 신분증, 현금을 넣을 수만 있으면 굳이 안 바꿔도 된다고 생각하기 때문이다.

해외에 잠깐 일 때문에 다녀온 선생님이 계신다. 이분은 현재 정말 많은 돈을 벌고 계시는 분이고 직업이나 나이는 개인 정보를 위해 밝히지 않겠다. 이분은 옷도 5년 동안 사질 않았고, 핸드폰도 갤럭시 S10을 6년 동안 사용 중이다. 나는 이 선생님을 뵙고 직접 물어보진 않았다. 하지만 그 선생님을 뵙고 나서, 소비에 대한 욕구가 줄어들었고, 돈을 더 소중하게 여겨야겠다는 생각이 들었다. 이 선생님은 본업에 집중하며, 실용성과 멀리 보는 습관이 있다고 느꼈다.

'진짜 부자와 가짜 부자의 차이'라는 말이 있다. 진짜 부자는 실용성, 가치 소비를 통해 시스템 수익(부동산, 배당주, 사업체, 주식 등)을 늘리고, 가짜 부자는 과시, 감정 소비, 카드, 대출 등으로 꾸민 모습이 많다. 내가 느꼈을 땐 요즘 시대에 더더욱 가짜 부자가 많아지고 있다고 생각한다. SNS를 보면 '우리나라 20~40대 평균 계좌 잔액', '3달 만에 부수입으로 1억 버는 방법' 등 SNS를 사용하는 사람들과 비교하게 되고, 과시하게 되며, 우울감에 빠지기 쉬워지는 것들이 많다. 무조건 잘못됐다는 게 아니다. 비교로 인한 조급함, 불안함이 삶의 방향을 잃게 할 수도 있기 때문에, 과한 SNS를 자제하고, 직접 공부해야 한다는 것이다.

진정한 부자는 사치를 자제한다. 자신이 사고 싶은 옷, 액세서리, 물건 등이 아닌 투자, 적금, 실용성을 우선으로 생각하며 신중한 지출을 한다. 진짜 부자를 따라가라는 뜻이 아니다. 여러분의 소비를 검토하고, 필요 없는 지출을 줄이고, 돈을 아껴 주며 '잘' 써야 한다는 것이다.

나는 지금까지 돈 공부를 하면서, 돈의 중요성과 돈을 관리하고, 모으고, 쓰는 법을 많이 터득하게 되었다. 또한 주식 공부와 경제 공부를 통해서도 계속해서 지식을 쌓아 가고 있다. 내가 돈에 대해 공부를 할 때, 지금까지도 내 머릿속에 박힌 말이 있다. "돈을 진정 사랑하고 함부로 대하지 않으면 항상 좋은 곳에 보내 줄 수 있다. 존중받지 못한 돈은 영영 떠나가고, 사랑받은 돈은 다시 주인 품으로 돌아온다."라는 말이다. 정말 이 말에 공감이 되었다. 함부로 펑펑 쓰고 아껴 주지 못한 돈은 자신도 모르게 자신의 지갑에서 멀리 도망가게 된다.

그러니 만약 당신이 월급을 받는다면, 필수적으로 지출할 수밖에 없는 것을 우선으로 빼고, 주식이나 적금으로 먼저 돈을 투자한 뒤, 나머지 돈으로 생활을 하는 습관을 들여 보자. 주식이나 적금으로 먼저 돈을 빼지 않고 생활을 먼저 하게 된다면, 소비 욕구에 더 흔들릴 것이다. 먼저 적금, 주식을 통해 미래를 위해 투자해 놓는다면, 나머지 생활비로 생활하기 위해 소비 욕구를 더 통제할 수 있을 것이다.

당신이 만약 직업으로 삼는 일을 통해 돈을 받는 게 아닌 알바를 통해 돈을 받는다면, 더더욱 아껴서 생활을 해야 한다. 힘들게 알바해서 번 돈을 술자리 한 번에 탕진하거나, 당장 멋있어 보인다고 무작정 물건을 사버린다면 돈은 쉽게 떠나가고 모이지 않을 것이다.

정말 사고 싶은 것이 있다면, 부모님 돈으로 쉽게 사는 것보다, 자신이 직접 일하고 돈을 벌어서 어느 정도 생활에 여유가 있을 때 구매해라. 그래도 절대 늦지 않다. 세상엔 공짜가 없고, 직접 일을 하면서 사회의 쓴맛, 단맛을 다 느껴 봐야 한다. 그렇게 스스로 번 돈으로 정말 사고 싶은 걸 구매한다면 더 뿌듯하고 더 그 물건을 아끼면서 입거나, 쓸 것이다.

나는 내가 사고 싶은 것들 전부 다 내가 알바해서 벌어서 사거나, 군대 전역 후 나온 군 적금으로 선투자 후 그매를 했다. 구매도 기존에 내가 가지고 있던 것을 새로 대체하는 게 아닌, 내가 기존에 없던 물건을 위주로 구매했다. 나는 이렇게 돈을 아끼고, 모으고, 실용적으로 쓰는 습관을 고등학교 때부터 가졌다. 여러분도 여러분의 재무 상태, 지출 정리, 수익 등 스스로 검토하며 조금이라도 더 아껴 보는 습관을 가지길 바란다.

사실 누군가에게 말하지 않으면 아무도 모르는 것이다. 말해도 금방 까먹을 만한 내용이기도 하다. 우리는 그걸 전혀 신경 쓸 필요가 없다. 결국 인생이란 건 자신이 스스로 보고, 느끼고, 듣고, 겪는 것들로만 세상을 보고 판단할 수 있다고 생각하기 때문이다. 말하지 않으면 모르는 사람, "왜 그렇게 빡빡하게 사냐?"라고 공감 못 하는 사람, 말해도 까먹는 사람 등 그런 사람들은 딱 거기까지만 생각하는 것이다. 나 또한 마찬가지다. 나도 지금의 인생까지 해 왔던 것 안에서 생각하고 판단해서 적은 글이다.

이런 자신이 가진 것들에 대한 아끼고, 소중하게 대하는 태도는 자연스럽게 자신의 가치를 높여 줄 것이다. 그리고 자신의 가치가 높아지면, 스스로에 대한 자부심과 자신감도 생길 것이다. 그런 태도는 자신의 진정한 모습을 완성시켜 줄 것이다. 나 또한 완성하는 과정에 있다. 여러분도 완성하길 바란다.

삶을 시작하는 태도

우리 삶에서 정말 사소한 실천은 생각보다 우리를 더 건강하게 하고, 큰 변화를 가져다준다. 여러분은 '미라클 모닝'이라는 말을 들어 봤는 가? 작은 실천들은 자신만의 미라클 모닝 루틴이고, 그 루틴을 지켜 나 가면 자신에게 성취감과 감사함을 가져다준다.

미라클 모닝은 보통 평소에 일어나는 시간보다 좀 더 일찍 일어나서 독서, 운동, 경제 공부, 스트레칭 등 본격적인 일과가 시작되기 전에 하 는 자기 계발 활동이다.

나는 스스로 이 루틴을 지켜 나간 지 3년이 넘어간다. 그리고 나만의 미라클 모닝을 지키는 습관은 하루를 체계적이고, 계획적으로 살아갈 수 있게 하였고, 성취감으로 인해 삶에 감사함을 느끼게 해 줬다.

나는 전날 알람 설정을 미리 해 두고 알람이 울리면, 기지개를 켜고, 머리 마사지를 한다. 그 후에는 이불과 베개 정리를 하며, 불을 켜고, 물 을 마신다. 그리고 볼일 보고 창문을 열어 환기를 시킨 다음, 간단한 스 트레칭을 해 준다. 정말 일어나서 몇 분 만에 일어난 일이지만, 이렇게 하루를 시작하면 성취감을 느낄 수 있고, 수업이나 일 등 약속 시간을 잘 지켜 나갈 수 있게 한다. 아침을 시작하는 이런 습관과 태도는 나의 하루 를 컨트롤하고, 삶에 끌려가는 것이 아닌, 주도적으로 살 수 있게 만드는 시작점이다.

그렇게 아침을 시작하고 나면 나는 무조건 샤워를 먼저 한다. 샤워를 하지 않으면 집에서 나가기 귀찮아지고 나태해지기 때문이다. 근데 샤워를 하고 나서 집에 있으면 왠지 밖에 나가고 싶고, 집에 있어도 뭐라도 생산적인 것들이나 자기 계발을 하게 된다. 샤워를 할 때도 계절에 상관없이 마지막에 30초에서 1분 정도는 찬물 샤워를 한다. 찬물 샤워를 하고 나면, 잠든 뇌를 본격적으로 깨우는 느낌을 받았고, 뇌가 깨어나니 머리가 더 잘 돌아가며, 면역력도 키워 주고, 근육 피로 회복에도 효과가 있었다.

실제로 찬물 샤워는 염증 완화, 순환 개선, 정식적 효과, 면역력 강화, 피부 건강 개선 등 몸에 다양한 이점을 가져다준다. 여러분도 한번 찬물 샤워를 해 보길 추천한다.

씻고 나서는 아침을 먹고 아침을 먹은 뒤에는 아연, 철분, 마그네슘, 종합비타민, 오메가3를 먹고, 운동과 체력을 위해 베타알라닌까지 섭취를 한다. 이렇게 하루를 시작하면 스스로 큰 성취감을 느끼고, 주도적으로 삶을 살아갈 수 있다고 느꼈다. 항상 삶에서 건강과 자기 관리를 중요하게 생각하는 나는 이런 마음가짐 덕분에 나만의 미라클 모닝 루틴을 지켜 나갈 수 있었던 것 같다.

그렇다고 매일 이런 루틴을 완벽하게 지키지는 않는다. 어떤 날은 알람이 울리고 일어났는데 너무 피곤해서 조금 더 잔 적도 있고, 어떤 날은 이불, 베개 정리하는 게 귀찮아서 하지 않은 적도 많고, 조금 더 잠이 든 바람에 스트레칭 없이 좀 더 급하게 하루를 시작한 적도 있다. 나도 그렇고 여러분도 로봇이 아니기 때문에 매일 지켜 나가기는 힘들다. 하지만 안 하는 것보다는 훨씬 좋은 이점들이 있기 때문에, 스스로 미라클 모닝 루틴을 만들어 보고, 당장 내일부터라도 지켜 나가 보자.

이 루틴을 지켜 나가는 건 쉽지만, 꾸준히 매일매일 지켜 나가는 것은 생각보다 힘들다. 나는 지켜 나간 지 3년이 넘어가서 이미 습관으로 자리 잡아서 힘들지 않지만, 아직까지도 적응이 안 되는 것은 있다. 첫 번째로 이불과 베개 정리다. 생각보다 되게 간단하지만, 너무 귀찮은 일 중 하나이다. 그래서 이 루틴을 지키는 날보다 지키지 않은 날이 더 많을 때도 있었다. 하지만 정리를 하고 나서 깔끔해진 침대를 보면 기분도 좋고, 무의식적으로 침대에 다시 눕지 않게 해 주었다. 만약 정리가 안 되어 있으면, 일어나서 침대를 보면, 뭔가에 홀린 듯 다시 누워 버리게 되었다. 그래서 귀찮지만 이 루틴을 지켜 나가고 있다.

두 번째는 찬물 샤워다. 찬물 샤워는 늘 온도 적응이 안 된다. 그래서 처음에 따뜻한 물로 샤워를 하다가 마지막에 찬물로 바꾸면, 온도가 갑자기 급격하게 떨어지면서, 이 악물고 적응하기 위해 혼자 샤워실에서 파닥파닥 뛴 적도 많다. 여러분도 이런 경험을 했을 것이고 실제 연구에서도 뜨거운 물에 있다가 차가운 물로 가면 더 차갑게 느껴지고, 반대로 차가운 물에 있다가 뜨거운 물에 가면 더 뜨겁게 느껴진다고 한다. 그래서 늘 적응이 안 되지만, 그래도 이 루틴을 지켜 나간 시간이 길어지니 이젠 적응이 되어서 내 몸을 위해 매일 실천하는 중이다.

이런 루틴을 스스로 지켜 나가는 것을 통해서 나는 삶에 대해 더 감사함을 느끼게 되며, 내 몸과 마음과 정신을 더욱 건강하게 만들었고, 생각도 건강하게 바뀌었다.

나는 이렇게 하루를 시작하는 태도가 나의 가치를 더 올려 준다고 생각한다. 대부분 사람들은 일어나면 스마트폰을 붙잡고, SNS부터 시작하지만 이런 미세한 차이가 시간도 당길 뿐만 아니라 매일 시작을 컨트롤한다는 것에 대한 성취감을 키우고, 나의 가치를 높인다고 생각한다.

처음부터 거창하게 시작할 필요 없다. 처음부터 무리한 목표는 쉽게 지치고 포기하게 만들기 때문이다. 처음엔 일어나서 창문을 열고 환기만 해도 좋고, 일어나서 독서 5분만 하기 등 간단한 것부터 시작해서 습관으로 자리 잡으면, 조금씩 자신만의 미라클 모닝 루틴을 만들어 나가는 것이다. 기간도 처음엔 일주일, 이후엔 1달, 2달 기간을 늘리다 보면 어느새 자신도 모르게 루틴을 지켜 나갈 것이다.

이 작은 실천은 당신의 마음과 생각에 큰 좋은 영향을 줄 것이고, 그 태도를 스스로 약속하며 앞으로 삶을 살아간다면 당신이 원하는 꿈을 이룰 수 있을 것이고 미래는 더더욱 열려 있을 것이다.

나는 이렇게 삶을 대하는 태도를 만들어 나갔다.

5부

결과

자신을 되돌아보는
10가지의 질문

이 파트는 10가지의 질문을 통해 스스로를 되돌아보는 시간을 가지며, 지금까지 책을 읽으며 어떤 생각이 들었고, 앞으로 어떻게 살아갈지, 자신에 대해 알아가 보도록 하자. 그리고 질문에 대한 답을 다 적은 뒤, 자신의 답에 대해 생각해 보며, 적은 대로 잘 이겨 내길 바란다.

❶ 당신만의 주관적인 신념은 무엇인가요?

❷ 당신만이 할 수 있는 것은 무엇인가요?

❸ 당장 용기 내지 못해서 후회하는 것은 무엇인가요?

❹ 앞으로는 어떤 도전에 용기를 낼 것인가요?

**❺ 살면서 가장 고통스러웠던 것은 무엇이고,
어떻게 극복했나요?**

❻ 살면서 증명하기 위해 얼마나 노력했고,
어떤 것을 증명했나요?

❼ 트라우마를 극복한 자신만의 방법은 무엇인가요?

❽ 자신만의 행복한 삶을 살기 위한 태도는 무엇인가요?

❾ 살면서 어떤 소비가 당신에게 후회를 가져다주었나요?

❿ 당신의 삶에서 최종적인 목표는 무엇인가요?

사회 초년생의
마지막 이야기

신념, 용기, 극복, 태도, 4개의 파트가 끝이 났다. 마지막 파트는 결과다. 신념에 대한 결과, 용기에 대한 결과, 극복에 대한 결과, 태도에 대한 결과를 얘기해 보는 파트이다. 23년 동안, 지금까지 내가 살아오면서 흡수한 것들을 책에 담아 보았고, 사실 실감이 잘 나지 않는다.

20살이 되고 나서, 내 일기장에 20대에 이루고 싶은 목표를 적은 적이 있었다. 적은 것들을 보면 거창한 목표도 있고, 작은 목표들도 있는데 그중 하나가 '내 책 완성해 보기'이다. 막상 20살 때는 시작을 하기에는 아직 데이터도 너무 부족했고, 내가 누구데게 무슨 말을 해 줄 나이도 아니고, 내가 원하는 퀄리티의 책이 나오지 않을 것 같아서 시작을 하지 못했다. 책을 19살 때 제대로 읽기 시작했는데 고작 1년 만에 책을 내기엔 삶에 대한 데이터도 부족하고, 자신도 없었다. 그래서 책을 위해서 다양한 경험을 하려고 했다. 정말 일상적인 것에서도 의미 부여를 했고, 경험으로 가져오려고 했으며, 책을 위해 살아가기 시작했다.

나는 지금까지 내가 겪은 것들에 대한 후회나 미련은 없다. 고통, 절망, 혼란함, 불안함, 초조함, 조급함 등 이런 감정들이 결국 나를 성장시켰고, 많은 심경 변화를 통해 위기를 극복할 수 있게 해 주었다.

대학에 가서 처음으로 수업에 '집중'이라는 걸 해 봤다. 다른 학생들처럼 펜과 노트북, 책을 꺼내고, 수업 시간에 잠을 자지 않고, 교수님이 수업하시는 내용을 필기하고, 경청하며 수업을 들었다.

재밌었다. 내가 공부에 흥미를 느낄 줄은 상상도 못 했었는데, 너무 흥미로웠고, 태권도밖에 보이지 않던 세상에서 처음으로 다른 것들이 보였다. 학점에도 욕심이 생겼고, 운동 외에도 많은 걸 경험하고 싶었다. 그렇게 세상 공부를 시작하고, 영어, 주식, 수업 등 '공부'라는 것을 본격적으로 시작했다. 하지만 공부의 벽은 너무나도 높았다. 해 본 적이 없으니 어떻게 하는지도 모르겠고, 공부에 대해 물어볼 사람도 없었다. 내 주변은 80% 이상이 태권도만 하는 사람들이었기 때문이다. 그래서 그냥 무작정 무식하게 했다. 기존에 하던 게임도 그만뒀고, 유튜브로 게임 영상도 보지 않았고, 생각 없이 SNS를 보는 습관을 없앴다.

20살 때는 새 삶을 시작하고, 나의 씨앗을 심는 과정이었다. 그리고 그 씨앗은 천천히 나이를 먹을수록 자라면서 나는 발전하게 되었다. 많은 사람들을 만나면서, 사람에 대한 신념들을 쌓아 갔고, 공부를 본격적으로 시작했다.

그렇게 수업에 집중하고 공부를 하다 보니, 지금까지 했던 태권도를 그만두고 싶었고, 새로운 꿈을 가지고 싶었다. 그리고 발목 인대도 계속 안 좋아졌고, 허리 디스크로 고생 중이었다. 내 몸 상태를 스스로 점검했을 때, 선수 생활을 앞으로 계속할 수 없을 것 같다고 생각했다.

부모님과 긴 시간 동안 얘기를 했고, 교수님에게도 그만두겠다고 말씀드렸다. 그만두는 이유와 앞으로의 미래에 하고 싶은 것까지 상세하게 설명하였으며, 긴 얘기 끝에, 결국 내가 지금까지 10년 동안 했던 운동을 정리하게 됐다. 기분이 묘했다. 항상 정해진 시간에 무조건 운동을 했었기 때문에, 더 이상 선수 때처럼 운동을 안 해도 된다는 생각에 자유와 해방감을 느끼면서도, 앞으로 내가 살아갈 새로운 사회에 대한 두려움과 불안이 자유보다 훨씬 크게 나를 덮쳤다.

그 두려움과 불안도 잠시, 내가 앞으로 운동을 그만두고 나서 어떻게 살아갈지 계획을 짰고, 바로 실행으로 옮겼다. 오전에는 책을 읽고 운동을 했으며, 오후에는 영어, 경제, 세상 공부를 했고, 저녁에는 알바를 했다. 운동선수 때는 운동하는 대로 힘들었고, 사회는 살아가는 것 자체로 힘들었다. 하지만 운동을 했던 시절, 그 힘든 운동을 버틴 정신력이라면 뭐든 할 수 있다고 생각했었다. 나는 의지를 가지고 매일매일 나아갔다. 나는 그렇게 사회의 첫 시작을 통해, 나의 신념과 용기를 만들어 갔다. 운전면허도 취득하고, 한국사 시험에도 도전해 보고, 토익 시험도 도전해 보고, 매일매일 운동을 통해 자기 관리도 열심히 했다. 운동은 외적으로나, 움직임을 통해 성장했다는 걸 내 두 눈으로 직접 확인할 수 있었지만, 공부는 내가 지금 정말 잘 하고 있는 건지, 실력이 늘고 있는 건지 스스로 확인을 할 수가 없었다. 그런 감정을 느끼니 공부가 지루하기만 하고, 의지가 꺾이기 시작했다.

그렇다고 포기할 순 없었다. 내가 운동을 그만둔 이유에 대한 증명을 너무나도 하고 싶었기 때문이다. 내가 새 삶을 시작한 이유에 대해 스스로 계속 질문을 던졌고, 그게 나의 최고의 동기 부여 중 하나가 되었다. 의지가 꺾여도, 수업의 중간고사, 기말고사와 학점이라는 결과를 통해 내 공부 실력과 지식이 늘고 있다고 느꼈으며, 성장하고 발전했다는 것에 큰 성취감을 느끼기 시작했다.

그때부터였다. 나는 태권도 외에도 점점 지식이 쌓여 갔고, 모르는 것들을 알게 되었을 때, 느끼는 성취감을 제대로 알게 됐다.

21살 군대에 입대를 하고 많은 사람들을 만나며, 배울 수 있는 것을 최대한 배우려고 했다. 다양한 사람들과 대화를 나누고, 세상에 대한 시야를 넓혀 가며, 군대에서 마냥 시간 낭비를 하지 않으려고 했다. 전역 전까지 확고한 꿈을 가지지 못하고 방황했지만, 방황하면서 배운 시간들이 뜻깊은 경험으로 남았다. 운동했던 시절처럼 무언가에 불타올라서 열정을 가지고 미쳐 보기도 했고, 군대라는 작은 사회에서 사회생활도 경험했으며, 책도 달에 1권은 무조건 읽었고, 토익 시험도 510점까지 올려 봤고, 3km 10분 40초도 찍어 보고, 마라톤 10km 39분도 해 보고, 30km 장거리 러닝도 해 보고, 헬스 3대 445까지도 찍어 보며, 한국사 자격증도 취득했다. 증명하고 싶었다.

이런 도전을 할 때면, 주변에 말해 놓기도 했다. 나는 '말만 하는 사람'이라는 말을 정말 듣기 싫었다. 그래서 혼자서 의지가 꺾여 그만둬 버리기 전에, 주변에 말을 해 놓으면 말만 하는 사람이라는 말을 듣기 전에 무조건 움직이게 된다. 이것도 내 최고의 동기 부여 중 하나였다. 이 동기 부여는 나를 강제로 멈출 수 없게 하였다. 지금까지도 나는 이 방법을 통해 내가 해야겠다고 마음먹은 걸 무조건 해낸다.

하지만 꿈에 대한 방황은 나를 더 고통스럽게 했다. 이러한 버킷 리스트를 이뤄도, 나에게 가장 중요한 최종적인 직업에 대한 꿈은 여러 갈림길에 놓여 있었기에, 엄청난 스트레스를 받았다. 그 스트레스로 인해, 인간관계도 서서히 망가지기 시작했고, 나를 떠나간 사람들이 생기기 시작했으며, 나는 꿈과 사람에 대한 스트레스로 인해 망가지기 시작했다. 20살 초반까지는 태권도 선수를 하며 실업팀까지 가는 목표를 꿈꾸며 성적을 위해 극한의 체중 관리와 운동을 했지만, 결국 그만두고 남은 건 커리어 하나뿐이었다.

운동선수 생활을 그만두고 20살 때도, 21살 때도 다양한 것들에 도전하고, 바쁘게 살아왔지만, 친한 사람들이 점점 사라지고, 꿈에 대한 확고한 목표 없이 나아가기만 하니 점점 스트레스가 쌓이기 시작한 것이다. 군대 전역이 2달이 남은 시점에서 나는 삶의 의미를 잃어버렸다. 극단적인 선택도 생각하기 시작했고, '이러다 진짜 죽는 거 아닌가?'라는 생각이 들었다. 어느 날은 중대장님께서 "너 얼굴이 며칠 사이에 많이 야위어졌다."라고 하셨다. 고등학교 때도 운동에 대한 스트레스로 인해 감독님에게 들었던 말을 22살 전역 2달 전에도 똑같이 듣게 되었다. 나는 또 모르고 있었다. 듣기 전까지 내가 야위었다는 것을.

나는 중대장님에게 지금 스트레스 받고 있는 것들에 대해 말씀드렸고, 중대장님은 나에게 이런 말씀을 해 주셨다. "지금 당장 너무 빠르게 꿈을 찾으려고 하지 않는 게 좋을 거 같아. 그리고 사람에 대한 일들은 얼른 잊고 전역하고 제대로 시작하면 좋을 거 같아."

나는 최대한 전역하고 나서 삶을 생각하려고 했지만, 좀처럼 마음먹은 대로 쉽게 되지 않았다. 정말 추해지고, 부정적이었다. 그래서 극단적인 생각도 했었는데, 정말 내 뇌에서 갑자기 죽으려는 나를 살리려고 강제로 생각을 바꿔 버리는 느낌을 받았다. 이런 긍정의 신호는 나를 살렸다. 그리고 나를 바꿨다. 이때 느낀 심경 변화가 꿈의 방향을 잡게 하였고, 내 삶을 제대로 설계하게 해 주었고, 이전에는 당연하다고 생각했던 것들에 대해 스스로 감사함을 다시 느끼게 만들어 주었으며, 꿈의 스트레스, 사람에 대한 스트레스를 완전히 없애 줬다.

그때 나는 다시 태어났다고 생각했다. 그리고 그때의 나는 지금의 나를 살리기 위해 마지막 신호를 보냈다고 생각한다. 그 이후에 생각이 정말 완전히 바뀌게 되었다. 매사에 감사함을 느끼고, 인간관계에 대해 덤덤해졌으며, 지금 현재에 충실하고, 많이 웃는 습관을 가졌다.

독서를 통해 나는 나의 신념을 만들었고, 외로움이라는 감정을 잊게 됐고, 운동을 통해 항상 내 몸과 마음을 완벽하게 컨트롤할 수 있었으며, 기록을 통해 나를 더 발전시키고, 단점을 없애기 위해 노력하며, 내 목표에 더 나아가게 되었다. 심경 변화가 있기 전에도 했던 일들이지만 독서, 운동, 기록에 대한 감사함을 느끼니, 삶을 항상 재밌게 살 수 있게 된 것이다.

지금 생각해 보면 정말 생각하기 나름이고 어떻게 받아들이느냐에 따라 그게 경험과 행복일지, 고통일지 스스로 선택하는 것이었다. 지금의 신념이 나를 한층 더 건강하고 맑게 하였다. 그리고 이 신념은 나만의 길로 자리를 잡았다.

나는 그 이후 도전이라는 두려움을 없앴다. 그렇게 새로운 시작에 대해 용기를 가지며 실패가 될 수도 있고, 성공이 될 수도 있겠지만, 미래를 생각했을 때, 두려움보단 설렘이 더 느껴지게 되었다.

미래는 불확실하지만 그 불확실함 속에서 스스로에 대한 믿음을 가졌다. 내 한 번의 인생이 후회로 남지 않기 위해, 도전에 주춤하지 않았다. 신념을 통한 용기가, 나를 더 앞으로 나아가게 해 주었다.

그리고 지금까지 살면서 많은 고난들이 있었지만, 결국 다 극복을 했다. 마인드를 바꾸니 극복이 결코 어려워지지 않았다. 이전에는 고통을 더 큰 고통으로 덮어서 극복했다면, 지금은 덤덤함을 가지게 되었다. 나를 떠나간 자들에게 지금은 감사함을 느낀다. 지난 나에게 고통을 줬었던 일들도 감사함을 느끼고 좋은 경험으로 생각하고 있다. 앞으로 내 미래가 어떻게 흘러갈지 몰라도, 좋은 쪽으로만 생각하면서 극복했다.

삶에서 내가 느낀 고통이 가장 고통스럽지 않다는 걸 알고 있었고, 나보다 더 고통스럽고 힘든 사람들을 보면서, 지금의 나를 되돌아보며 감사함을 느꼈다. '저 사람도 저렇게 이겨 내는데, 내가 과연 힘들어할 자격이 되고 이것도 못 이겨 낼까?'라는 생각을 가지고 극복했다.

그렇게 극복하면서 나의 태도도 바뀌 나갔다. 예전에는 누군가에게 위로를 받곤 했는데, 어느 순간 내가 누군가를 위로하고 있었다. 그들의 생각을 듣고 나서 과거의 내가 보이기 시작했고, 과거의 난 현재의 나와 분리되었다는 것을 느꼈다. 그리고 매사에 사소한 거에서부터 감사함을 느끼는 습관은 나의 기본적인 태도가 되었고, 가진 것을 아끼고 함부로 대하지 않게 되었다.

나의 대인 관계 능력은 좋지 않았지만, 현재 만나고 있는 지인들과 새로 만난 지인들에게 정말 좋다는 얘기를 듣곤 한다. 눈빛이 맑아지고, 표정이 밝아졌고, 마인드가 되게 건강하다는 달도 듣는다. 그런 말을 듣고 나면, 정말 변화를 위해 노력했던 나에 대해 만족을 하게 된다.

나는 평범한 23살의 한 청년이다. 이 책은 평범하고 꿈이 있는 젊은 대학생의 자기 계발서다. 그래서 이 글을 읽는 여러분에게 더 와닿을 거라고 생각을 하고 있다. 나의 삶에서 극복은 이게 끝이 아니다. 나는 또 도전할 것이고, 계속해서 극복해 나갈 것이다. 나는 뱉은 말은 무조건 지킨다는 자부심이 있다. 나는 이렇게 또 말을 했고, 뱉을 말을 지키러 또 움직일 것이다. 지금의 도전은 나의 버킷 리스트 중 하나이며, 이제 이뤘으니 나는 다음 도전을 하며 나의 여정을 이어 나갈 것이다. 그리고 이 책을 다 읽었을 때 한층 더 성장한 당신이 되기를 진심으로 응원한다.

삶의 극복

1판 1쇄 발행 2026년 3월 30일

저자 김태혁

교정 주현강　**편집** 유주은

펴낸곳 (주)하움출판사　**펴낸이** 문현광

이메일 haum1000@naver.com　**홈페이지** haum.kr
블로그 blog.naver.com/haum1000　**인스타그램** @haum1007

ISBN 979-11-7374-359-7(03810)